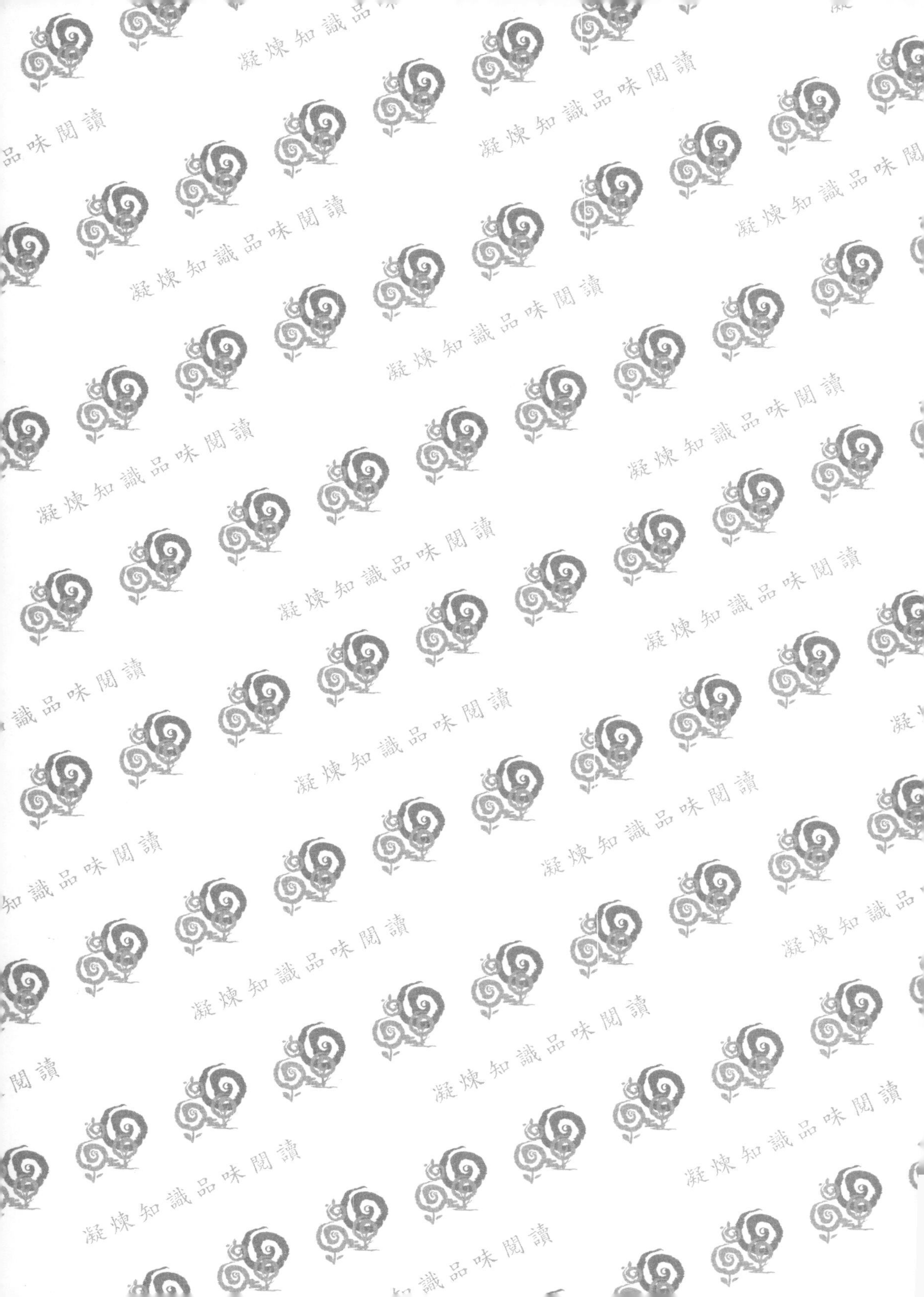

我的第一堂
商用韓語課

中國文化大學韓文系副教授 **游娟鐶** 博士 著

五南圖書出版公司 印行

推薦序

原來韓語是可以這樣表達，韓文書信是可以這樣書寫。

游娟鐶博士又要出新書了，我們又能有一本好的參考書，這是學習韓文青年朋友們的好消息，游博士回國任教期間，除了教授韓語課程外，還不斷地長期接受政府相關單位的委託，從事經貿事務的台韓交流與諮詢、譯介等工作，還把觸角伸出到社會青年，瞭解大眾的需要。

因此，近年來瞭解青年朋友們的實際需求，出版了〈我的第一堂韓語課〉、〈我的第二堂韓語課〉、〈我的第一堂韓語發音課〉的韓語學習系列書籍，同時又出版〈韓英中實用經貿詞彙〉、〈韓英中科技詞彙〉等工具書，均頗獲好評，熱烈暢銷。最近又即將出版我的第一堂系列韓語學習書籍〈我的第一堂商用韓語課〉，針對剛踏入社會而正處於摸索無門的社會青年，提供工作上方便學習韓語的指針，相信本書的問世，定能讓大家恍然大悟，原來韓語是可以這樣表達，韓文書信是可以這樣書寫的感覺。

游博士一九七九年於文化大學東方語文學系韓文組畢業後，赴韓國高麗大學攻讀韓國古典文學，取得文學碩士學位後，繼續主修比較文學，一九九一年獲得該校文學博士學位。以其熱誠的為人及認真負責的工作態度，在韓國期間，獲得韓國延世大學醫學院的聘請，擔任院長與資深醫學教授們的中文教師達八年之久，表現傑出深獲好評。返國後，先後任教於文大韓文系、國防部參謀本部國防語文中心、救國團社教中心、實踐大學語文中心、台北市進出口商業同業公會、中華民國貿易教育基金會等，教授韓語課程已有二、三十年。今以其工作心得，出版經驗編撰本書，相信必能為學習韓國語文的青年朋友們提示學習與工作的捷徑，提升學習績效。

作者所著本書內容包含簡易韓中、中韓應對會話、商用書信往來、貿易須知與工作上常常會使用到的常用例句等部分，不論是華人或韓國人，不論是否要從事台韓經貿工作的青年夥伴們，只要是想學習韓語的讀者們，都可以選擇這本相當實用又容易學習的商用韓語書。詳讀之餘，甚感敬佩，特予推薦。

中韓文化基金會董事長 林秋山

序於 2016 年 1 月 5 日

作者的話

這本書不僅是商用韓語教材，而且是中韓韓中雙向的語言學習書。

感謝五南出版社給我機會出版〈我的第一堂商用韓語課〉這本書，雖然我不是商科出身，但是從事韓語教學三十餘年間，卻也跟經貿相關方面結下不解之緣。記得剛從韓國留學回來不久，經由恩師林秋山教授的推薦，到英業達集團擔任韓文顧問，協助公司開發韓文版電腦字典開始，從此在電子業界闖蕩了好些年，學到了跟以往不同領域的東西，整天跟著軟硬體工程師們一起腦力激盪，互相學習，研發新產品，為的是要提升語言學習者的外語能力。後來進入萊思康公司，除了研發新產品外，奉老闆之命，將所開發產品行銷至韓國，藉由此機會，又讓我必須學習如何從事貿易工作，如何跟韓國商人打交道。

那段期間，遭遇 1997 年韓國金融危機，幸好得到貴人指點，獲得許多寶貴經驗，由於處理得當，沒有讓公司蒙受損失。接著，又因為在電子業界工作的關係，經常接觸到有關產業方面的口譯、筆譯和韓國相關的顧問諮詢工作，更經由網友介紹、推薦，在台北市進出口商業同業公會和中華民國貿易教育基金會開班授課，講授商用貿易韓語課程。

為了平衡台韓貿易逆差，協助廠商學習韓文，並傳授與韓國人談判時應注意的技巧等，讓學員們從完全不懂韓語到可以琅琅上口，用韓國話和韓國人溝通自如。在不斷地教與學當中，慢慢地修訂上課的講義資料，如今集結成冊，終於要出版了，內心無限感恩。感謝當中熱心的廠商學員們、中國文化大學韓文系的同學與韓國交換學生們熱心協助打字、整理，並提供建議。還有，恩師陳寧寧教授和韓國金善孝、鄭潤道老師在百忙當中抽空幫忙校正，盡量讓本書能夠做到務實、有用。然而，因為自己雜務繁忙，能力有限，匆促付梓，錯誤在所難免。懇請讀者多多見諒，並不吝指教，以便後續改進。

本書中，針對韓語初學者安排了基礎應對韓語會話，循序漸進地導入商用相關對話內容，補充商務信件往來範例，同時加強實際應用短句練習，並介紹從事貿易工作相關須知等，內容安排無論是中韓文對照或韓中文對照，都適合想要學習貿易相關專業知識的國人與韓國人做明確的選擇。希望學習者能夠從本書中的內容獲得基本的中韓語溝通與應對能力。再次感謝所有協助本書出版的工作人員，你們辛苦了。

游娟鐶 윤연환 寫於華岡陋室
2016 年 1 月 5 日

如何使用本書

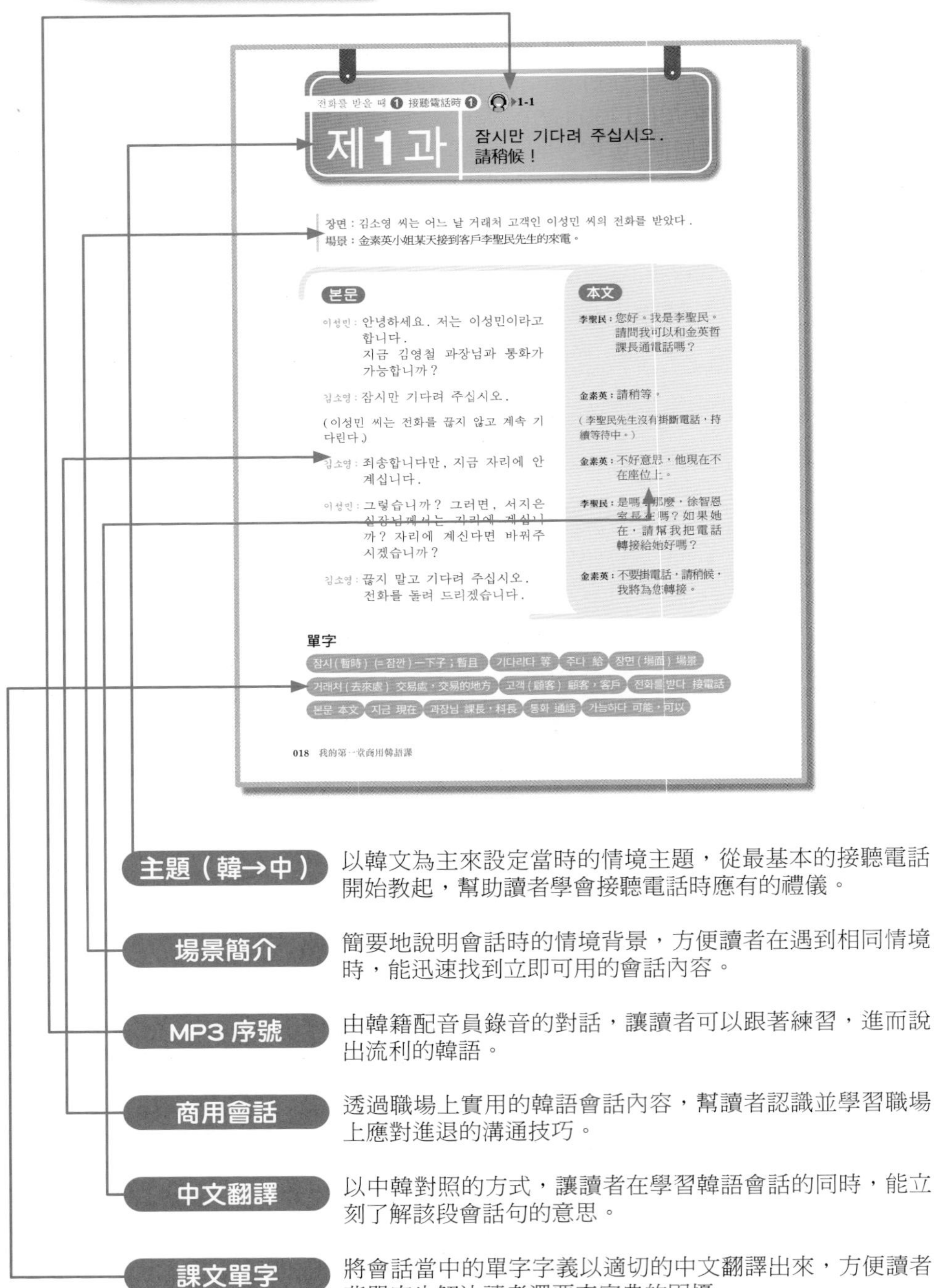

主題（韓→中） 以韓文為主來設定當時的情境主題，從最基本的接聽電話開始教起，幫助讀者學會接聽電話時應有的禮儀。

場景簡介 簡要地說明會話時的情境背景，方便讀者在遇到相同情境時，能迅速找到立即可用的會話內容。

MP3 序號 由韓籍配音員錄音的對話，讓讀者可以跟著練習，進而說出流利的韓語。

商用會話 透過職場上實用的韓語會話內容，幫讀者認識並學習職場上應對進退的溝通技巧。

中文翻譯 以中韓對照的方式，讓讀者在學習韓語會話的同時，能立刻了解該段會話句的意思。

課文單字 將會話當中的單字字義以適切的中文翻譯出來，方便讀者背單字也解決讀者還要查字典的困擾。

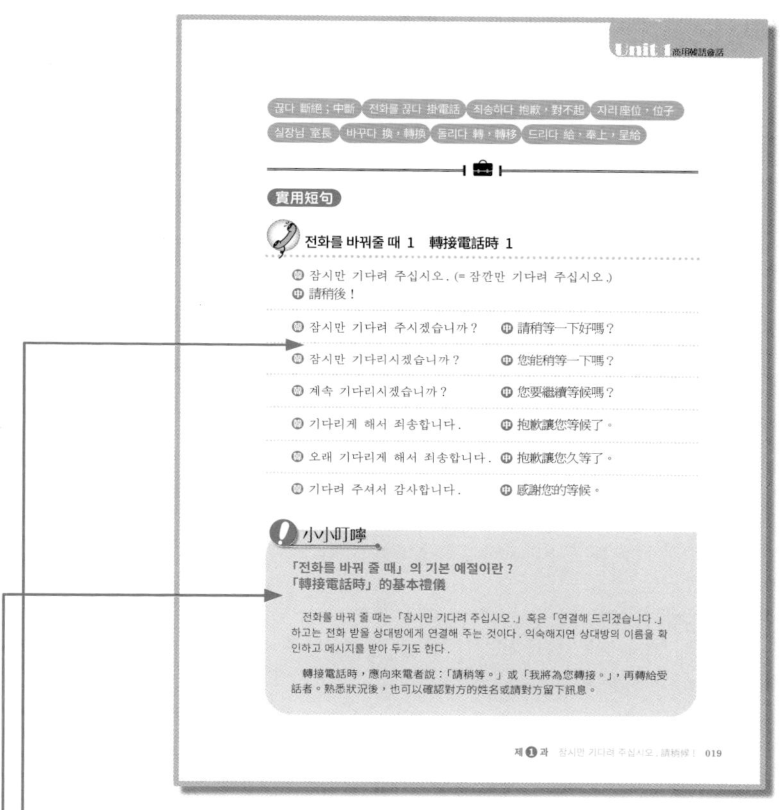

實用短句　貼心地幫讀者條例出相關情境還有哪些實用的句子可以替換使用，以增加會話內容的豐富性。

小小叮嚀　針對該主題情境提供最重要的相關資訊以及注意事項，即使是毫無工作經驗的人，也能明確並有效率地應付各種不同突發狀況。

如何使用本書

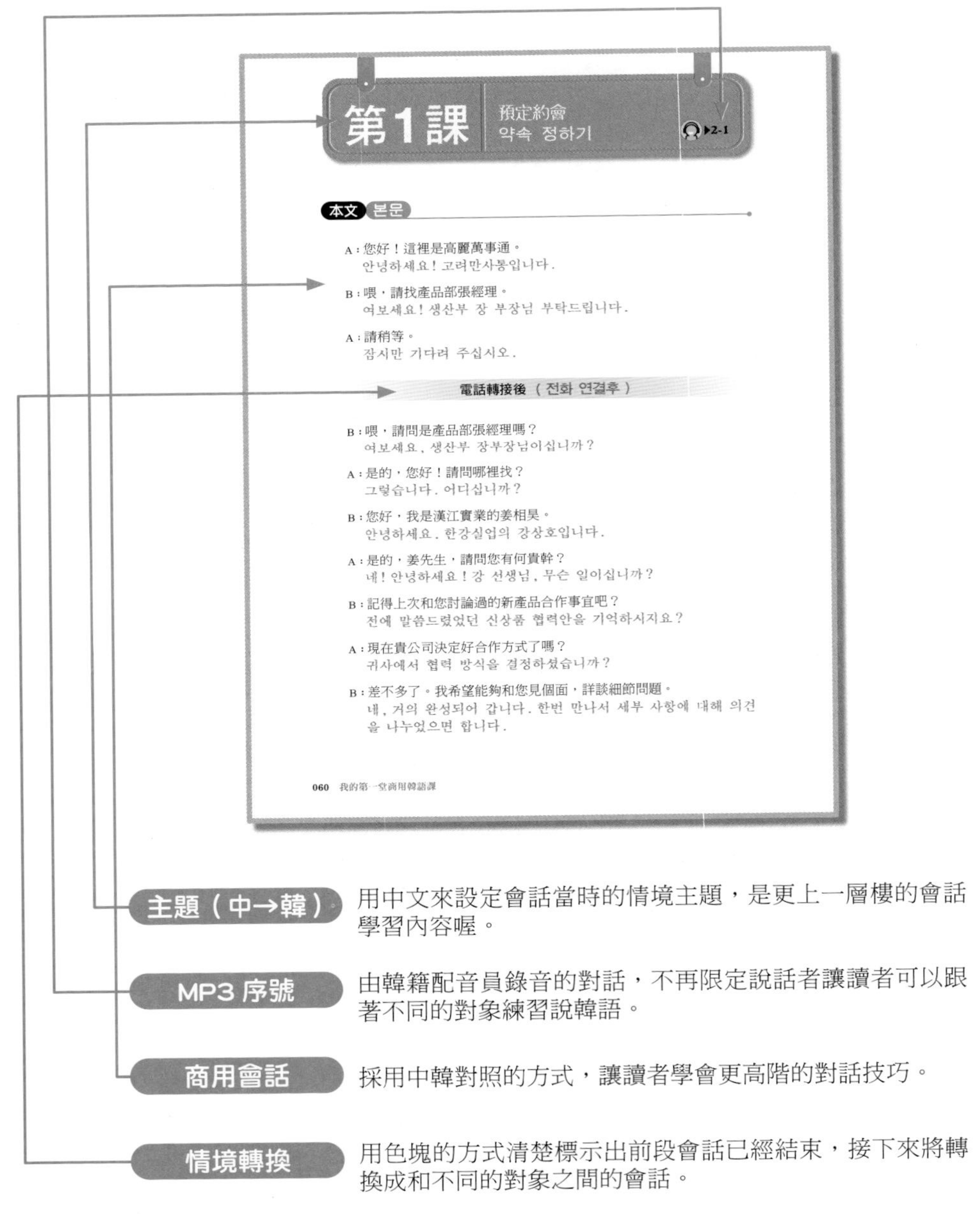

主題（中→韓） 用中文來設定會話當時的情境主題，是更上一層樓的會話學習內容喔。

MP3 序號 由韓籍配音員錄音的對話，不再限定說話者讓讀者可以跟著不同的對象練習說韓語。

商用會話 採用中韓對照的方式，讓讀者學會更高階的對話技巧。

情境轉換 用色塊的方式清楚標示出前段會話已經結束，接下來將轉換成和不同的對象之間的會話。

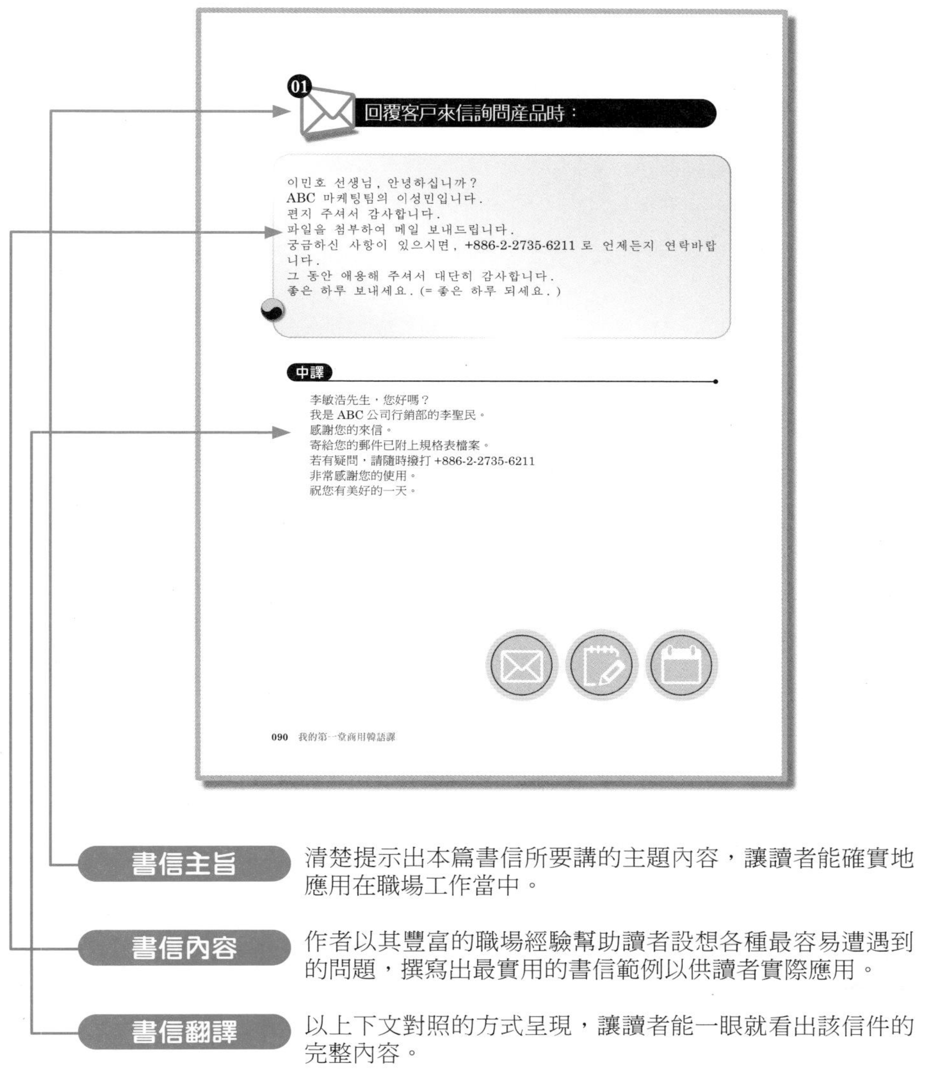

01 回覆客戶來信詢問產品時：

이민호 선생님, 안녕하십니까?
ABC 마케팅팀의 이성민입니다.
편지 주셔서 감사합니다.
파일을 첨부하여 메일 보내드립니다.
궁금하신 사항이 있으시면, +886-2-2735-6211 로 언제든지 연락바랍니다.
그 동안 애용해 주셔서 대단히 감사합니다.
좋은 하루 보내세요. (= 좋은 하루 되세요.)

中譯

李敏浩先生，您好嗎？
我是 ABC 公司行銷部的李聖民。
感謝您的來信。
寄給您的郵件已附上規格表檔案。
若有疑問，請隨時撥打 +886-2-2735-6211
非常感謝您的使用。
祝您有美好的一天。

090 我的第一堂商用韓語課

書信主旨 清楚提示出本篇書信所要講的主題內容，讓讀者能確實地應用在職場工作當中。

書信內容 作者以其豐富的職場經驗幫助讀者設想各種最容易遭遇到的問題，撰寫出最實用的書信範例以供讀者實際應用。

書信翻譯 以上下文對照的方式呈現，讓讀者能一眼就看出該信件的完整內容。

目次

Unit 1
商用韓語會話 韓→中

Unit 2
商用韓語會話 中→韓

目次

Unit 3
商務信件往來 (e-mail) 範例

Unit 4
商用韓語常用例句

目次

Unit 5
從事貿易工作須知

附　錄

Unit 1
商用韓語會話

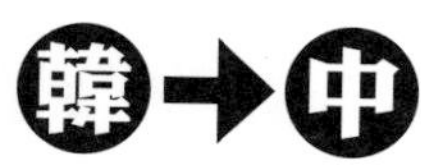

전화를 받을 때 ❶ 接聽電話時 ❶ ▶1-1

제 1 과 잠시만 기다려 주십시오. 請稍候！

장면 : 김소영 씨는 어느 날 거래처 고객인 이성민 씨의 전화를 받았다 .
場景 : 金素英小姐某天接到客戶李聖民先生的來電。

본문

이성민 : 안녕하세요. 저는 이성민이라고 합니다.
지금 김영철 과장님과 통화가 가능합니까?

김소영 : 잠시만 기다려 주십시오.

(이성민 씨는 전화를 끊지 않고 계속 기다린다.)

김소영 : 죄송합니다만, 지금 자리에 안 계십니다.

이성민 : 그렇습니까? 그러면, 서지은 실장님께서는 자리에 계십니까? 자리에 계신다면 바꿔주시겠습니까?

김소영 : 끊지 말고 기다려 주십시오.
전화를 돌려 드리겠습니다.

本文

李聖民 : 您好。我是李聖民。請問我可以和金英哲課長通電話嗎？

金素英 : 請稍等。

（李聖民先生沒有掛斷電話，持續等待中。）

金素英 : 不好意思，他現在不在座位上。

李聖民 : 是嗎？那麼，徐智恩室長在嗎？如果她在，請幫我把電話轉接給她好嗎？

金素英 : 不要掛電話，請稍候，我將為您轉接。

單字

잠시 (暫時) (= 잠깐) 一下子 ; 暫且 | 기다리다 等 | 주다 給 | 장면 (場面) 場景 | 거래처 (去來處) 交易處，交易的地方 | 고객 (顧客) 顧客，客戶 | 전화를 받다 接電話 | 본문 本文 | 지금 現在 | 과장님 課長，科長 | 통화 通話 | 가능하다 可能，可以

끊다 斷絕；中斷　전화를 끊다 掛電話　죄송하다 抱歉，對不起　자리 座位，位子
실장님 室長　바꾸다 換，轉換　돌리다 轉，轉移　드리다 給，奉上，呈給

實用短句

전화를 바꿔줄 때 1　轉接電話時 1

韓 잠시만 기다려 주십시오 . (= 잠깐만 기다려 주십시오 .)
中 請稍後！

韓 잠시만 기다려 주시겠습니까？　中 請稍等一下好嗎？

韓 잠시만 기다리시겠습니까？　中 您能稍等一下嗎？

韓 계속 기다리시겠습니까？　中 您要繼續等候嗎？

韓 기다리게 해서 죄송합니다 .　中 抱歉讓您等候了。

韓 오래 기다리게 해서 죄송합니다 .　中 抱歉讓您久等了。

韓 기다려 주셔서 감사합니다 .　中 感謝您的等候。

小小叮嚀

「전화를 바꿔 줄 때」의 기본 예절이란？
「轉接電話時」的基本禮儀

전화를 바꿔 줄 때는「잠시만 기다려 주십시오 .」혹은「연결해 드리겠습니다 .」하고는 전화 받을 상대방에게 연결해 주는 것이다 . 익숙해지면 상대방의 이름을 확인하고 메시지를 받아 두기도 한다 .

轉接電話時，應向來電者說：「請稍等。」或「我將為您轉接。」，再轉給受話者。熟悉狀況後，也可以確認對方的姓名或請對方留下訊息。

전화를 바꿔줄 때 2　轉接電話時 2

韓 전화를 돌려 드리겠습니다.　　中 我將為您轉接。

韓 연결해 드리겠습니다.　　中 我將為您轉接。

韓 김 선생님께 연결해 드리겠습니다.
中 我將幫您轉接給金先生。

韓 바로 전화를 받으실 겁니다.　　中 他會馬上接聽電話。

韓 담당자님 전화로 돌리겠습니다.　　中 我幫您轉接給承辦人。

韓 한국어를 할 줄 아는 사람으로 바꿔 드리겠습니다.
中 我為您轉接給會說韓國話的人。

新生字 새단어

01 기본
基本

02 예절 (禮節)
禮儀

03 혹은
或者，或是

04 연결하다
連接，連結

05 상대방 (相對方)
對方

06 익숙하다
熟悉，熟知

07 이름
名字

08 확인하다
確認

09 메시지
訊息

10 계속
持續，繼續

전화를 받을 때 ❷ 接聽電話時 ❷ 1-2

제2과 예, 접니다. 是的，我就是。

장면 : 이성민 씨는 최진수 실장에게 전화를 걸고 있다. 그때 최진수 실장 본인이 전화를 받았다.

場景：李聖民先生打電話給崔進秀室長。這時崔進秀室長本人接起了電話。

본문

최실장 : 안녕하십니까? 에이폰 (A-Phone) 입니다.

이성민 : 안녕하세요? 최진수 실장님이 자리에 계십니까?

최실장 : 예, 접니다. 누구십니까?

이성민 : 저는 에스지 (SG) 사의 이성민입니다.

최실장 : 아, 안녕하세요, 성민 씨, 오랜만입니다. 무슨 일이십니까?

本文

崔室長： 您好。這裡是A-Phone產業。

李聖民： 您好。崔進秀室長在嗎？

崔室長： 我就是。請問哪裡找？

李聖民： 我是SG公司的李聖民。

崔室長： 啊～您好。聖民先生！好久不見。請問有什麼事嗎？

單字

걸다 掛，懸掛，撥打（電話） 전화를 걸다 (= 전화를 하다) 撥打電話 저 我 누구 誰 회사 (會社) 公司 오랜만이다 難得見面，好久不見 무슨 什麼 일 事，事情

實用短句

전화로 자신을 밝힐 때　電話中表明自己時

韓	中
네 , 접니다 .(예 , 접니다 .)	是的，我就是。
조아라입니다 .	我是趙阿拉。
저는 김주원입니다 .	我是金周元。
예 , 전데요 .	是的，我就是。
기술부입니다 .	這裡是技術部門。

용건을 물을 때　詢問事情時

韓 무슨 일이십니까 ? = 무슨 일이신지요 ?
무슨 용건이십니까? =용건이 무엇입니까? =어떤 용건이십니까?
中 請問有什麼事嗎？

韓 어느 부서를 연결해 드릴까요 ?
中 需要我幫您轉接到哪個部門呢？

新生字 새단어

01 여유 (餘裕)
寬裕；從容；悠閒

02 가지다
攜帶，具有

03 친근감 (親近感)
親切感

04 있다
有

05 응대 (應對)
應對

06 인상 (印象)
印象

07 좌우하다 (左右 ~)
左右；影響

08 좋다
好

09 위하다
為了 ~

10 기본적 (基本的)
基本上，基本

11 기억하다 (記憶 ~)
記得

12 사내 (社內)
公司內部

13 매뉴얼 (manual)
說明書

14 작성하다 (作成 ~)
作，編製

15 준비
準備

16 연습 (練習)
練習

17 필요하다 (必要 ~)
必要，需要

18 자주
常常

19 사용하다 (使用 ~)
使用

20 관용구 (慣用句)
慣用語

21 메모하다
留言，記下訊息

22 책상 (冊床)
書桌

23 붙다
貼

24 상황 (狀況)
情況，狀況

25 경우 (境遇)
情況，情形

26 많다
多

27 도움이 되다
有幫助

小小叮嚀

전화 응대는 여유를 가지고 친근감 있게
電話應對要不急不徐，同時帶有親切感。

전화 응대는 회사의 인상을 좌우한다 . 상대방에게 좋은 인상을 주기 위해서라도 전화 응대는 여유 있게 응대해야 한다 . 기본적인 말들을 기억하거나 혹은 사내 응대 메뉴얼을 작성하는 등 준비와 연습이 필요하다 . 자주 사용하는 관용구는 메모하여 책상 위에 붙여두면 유사한 상황이 있을 경우 많은 도움이 된다 .

電話上的應對會影響人們對公司的印象。為了讓對方留下好的印象，電話答覆要從容應對。應該牢記基本應對的句子，或是準備且練習公司內部擬好的應對手冊等。以小抄方式記下經常會使用到的習慣用語，貼在桌上，適時可派上用場。

전화를 받을 때 ③ 接聽電話時 ③ ▶1-3

제 3 과 죄송합니다만, 지금 자리에 안 계십니다. 不好意思，他現在不在座位上。

장면 : 김소영 씨는 황준영 과장이 부재중이어서 황준영 과장을 대신해 이성민 씨의 메시지를 받아 둔다.

場景 : 因為黃俊英課長不在座位上，因此金素英小姐幫黃俊英課長記下李聖民先生留給黃俊英課長的訊息。

본문

김소영 : 안녕하세요. 에이폰 (A-Phone) 입니다. 무슨 용건이십니까?

이성민 : 안녕하세요. 저는 에스지 (SG) 사의 이성민입니다. 마케팅 부의 황준영 과장님을 연결해 주시겠습니까?

김소영 : 죄송합니다만, 지금 자리에 안 계십니다.
메모를 남기시겠습니까?

이성민 : 황 과장님께서 자리에 돌아오시면, 제가 황 과장님을 찾았다고 전해 주십시오.

김소영 : 네, 알겠습니다. 황 과장님께서 이선생님의 전화번호를 알고 계십니까?

이성민 : 혹시 모르니까, 연락처를 남기는 편이 좋을 것 같네요. 제 연락처는 0123-4566 입니다.

本文

金素英 : 您好。這裡是A-Phone產業。請問有什麼事?

李聖民 : 您好。我是SG公司的李聖民，請幫我轉接行銷部的黃俊英課長好嗎？

金素英 : 不好意思，他現在不在坐位上。
需要幫你留言嗎？

李聖民 : 黃課長如果回來的話，請轉告他說我找他。

金素英 : 我知道了。請問黃課長知道李先生您的電話號碼嗎？

李聖民 : 可能不知道，那我留一下我的聯絡方式好了！我的電話是0123-4566。

單字

부재 중 (不在中) 不在；外出 | 대신하다 (代身 ~) 代替 | 메시지 訊息 | 받다 收；接到 | 두다 置，擱放 | 용건 (用件) 事情，事 | 마케팅 行銷 | 연결하다 (連結 ~) 連接，連結 | 남기다 保留，留下 | 돌아오다 歸來，回來 | 찾다 找 | ~(으) 려고 하다 想要… | 전하다 傳，傳達，轉達 | 알다 知道 | 전화번호 (電話番號) 電話號碼 | 혹시 (或是) 或許 | 모르다 不知道 | 연락처 (聯絡處) 聯絡方式 | 같다 似，好像，一樣

實用短句

상대가 부재중일 때　對方不在時

韓 죄송합니다만, 지금 자리에 안 계십니다.
中 不好意思，他現在不在坐位上。

韓 회의중이십니다.　中 他正在開會。

韓 이번 주는 출장중이십니다.　中 (他) 這個星期出差當中。

韓 손님을 만나고 있으십니다.　中 (他) 正在會客。

韓 지금 통화 중이십니다.　中 (他) 正在通話中。

韓 마침 자리를 비우셨습니다.　中 (他) 剛好不在座位 (坐位) 上。

韓 오늘 아파서 결근하셨습니다.　中 (他) 今天不舒服，所以沒來上班。

메시지를 받아 둘 때　傳達訊息時

韓 전해 드릴 말씀이 있으십니까？　中 有需要我幫您傳達的話嗎？

韓 말씀을 남기시면 전해 드리겠습니다.
中 需要我幫您傳話嗎？

韓 메시지를 남기시겠습니까？　中 您要留訊息嗎？

韓 하실 말씀이 있으신가요？　中 您有話要傳達嗎？

韓 사이버 테크놀러지의 장철수 씨군요.
中 原來你是網路技術公司的張哲秀先生啊！

韓 전화번호는 1234-5678 입니다.　中 電話號碼是 1234-5678。

韓 어느 부서로 연결해 드릴까요？　中 需要幫您連絡哪個部門呢？

新生字 새단어

01 편리하다 (便利 ~)
方便，便利

02 한국
韓國

03 지역 (地域)
區域

04 고유 (固有)
原有；傳統；固有

05 ~ 마다
每…

06 서울
首爾

07 부산
釜山

08 대구
大邱

09 인천
仁川

10 광주
光州

⑪ 대전
大田

⑫ 울산
蔚山

⑬ 경기
京畿

⑭ 강원
江原

⑮ 충북
忠北

⑯ 충남
忠南

⑰ 전북
全北

⑱ 전남
全南

⑲ 경북
慶北

⑳ 경남
慶南

㉑ 제주
濟州

㉒ 회의
會議

㉓ 주
週，周

㉔ 출장 (出張)
出差

㉕ 만나다
見面，會面

㉖ 마침
剛好

㉗ 비우다
空

㉘ 오늘
今天

㉙ 아프다
痛，疼

㉚ 결근하다 (缺勤 ~)
缺勤，缺班，沒上班

㉛ 사이버 (cyber)
網路

㉜ 테크놀러지
科技，技術

㉝ 부서 (部署)
部門，單位

㉞ 일이사의 (에) 오육칠팔
1234-5678

전화를 걸 때 ❶ 撥打電話時 ❶ 1-4

제 4 과 에이폰 (A-Phone) 사의 황준영 입니다. 我是 A-Phone 公司的黃俊英。

장면 : 에이폰 (A-Pone) 사의 황준영 과장은 자신의 이름과 회사명을 밝히고, 에이스지 (SG) 사의 이성민 씨를 찾는다.

場景 : A-Pone 公司的黃俊英課長表明了自己的姓名和公司名稱後，要找 SG 公司的李聖民先生。

본문

이성민 : 안녕하세요 !
에스지 (SG) 입니다 .
무슨 용건이십니까 ?

황준영 : 안녕하세요 . 에이폰 (A-Phone) 사의 황준영 과장입니다. 이성민 씨 자리에 계십니까?

이성민 : 네, 접니다 .

황준영 : 안녕하세요! 이성민 씨 .
그동안 어떻게 지내셨습니까 ?

이성민 : 황 과장님께서 걱정해주신 덕분에 잘 지내고 있습니다. 황 과장님께서는 그동안 어떻게 지내셨습니까 ?

황준영 : 저 역시 성민씨가 걱정해 주신 덕분에 잘 지내고 있습니다.

本文

李聖民：您好，
這裡是 SG 公司。
請問有什麼事嗎？

黃俊英：您好。我是 A-Phone 公司的黃俊英課長。請問李聖民先生在嗎？

李聖民：是的，我就是。

黃俊英：您好，聖民先生，
最近過得如何？

李聖民：託黃課長的福，最近過得很好。黃課長您最近過得如何呢？

黃俊英：我也一樣，託您的福，過得很好。

單字

동안 期間　어떻다 如何　지내다 過（日子）　걱정하다 煩惱，擔心
덕분（德分）多虧…，託…的福，幸好…　잘 好好地，很…

實用短句

자신을 밝힐 때　介紹自己（表明自己身分）時

韓 신나 산업의 황수빈입니다.　中 我是新鈉產業的黃修賓。

韓 김윤희라고 합니다.　中 我叫金潤熙。

韓 김 선생님의 비서인 양남희입니다.
中 我是金先生的秘書楊南熙。

韓 이쪽은 김태화입니다.　中 我是金泰和。

韓 안민수 씨 대신에 전화를 드렸습니다.
中 我代替安敏秀先生打電話給您。

韓 우상 산업의 직원입니다.　中 我是友商產業（公司）的職員。

小小叮嚀

편리한 전화 용어
方便的電話用語

본론으로 들어가기 전에 상대의 안부를 묻는 것이 일반적이다. 예를 들면 「그동안 잘지내셨습니까?」 혹은 「그동안 어떻게 지내셨습니까?」라고 묻고난 후 본론으로 들어가는 편이 좋다.

在進入正題之前，互相寒暄是基本的禮節。例如，最好是說出「近來過得好嗎？」或是「最近過得好嗎？」問候語之後，再進入主題。

韓 삼성 대리점에서 일하고 있습니다.
中 我在三星代理店上班（工作）。

상대를 바꿔 달라고 할 때　要求對方轉接電話時

韓 이민호 씨를 부탁합니다.　中 請幫我轉接李敏浩先生。

韓 해외부의 정준호 씨와 통화할 수 있습니까?
中 請問我可以和海外部門的鄭準浩先生通話嗎？

韓 김민준 씨 자리에 계십니까?　中 請問金敏俊先生在嗎？

韓 영업부 직원과 통화할 수 있을까요?
中 請問我可以和營業部門的職員通話嗎？

韓 인사부로 연결해 주시겠습니까?
中 請問可以幫我轉接到人事部門嗎？

韓 경리부로 전화를 연결시켜 주세요.
中 請幫我轉接經理部。

韓 내선 357번으로 부탁합니다.　中 請幫我轉接到分機 357。

돌아와서 바로 전화를 걸 때　回來立刻撥打電話時

韓 이성민 씨로부터 전화를 받았습니다만, ……
中 李聖民先生有撥打電話過來，……

韓 저에게 전화를 하셨다고 들었습니다만, ……
中 聽說您打電話給我，……

韓 조금 전 이성민 씨에게서 전화가 왔습니다만, ……
中 剛剛李聖民先生有打電話過來，……

韓 그쪽으로 전화를 해 달라는 메시지를 받았습니다.
中 對方留下訊息要請您回電。

韓 제가 잠깐 외출한 사이에 전화를 주셨다고 들었습니다만, ……
中 我外出時，聽說您打電話給我了，……

韓 어제는 전화를 못 받아서 죄송했습니다.
中 很抱歉，昨天沒接到您的來電。

韓 태희 씨가 그러는데, 선생님께서 오늘 아침 저에게 전화를 주셨다고 하던데요.
中 泰熙小姐說您今天早上打了通電話給我。

부재중인 상대에게 메시지를 남길 때 留訊息給不在位置上的人

韓 전화를 해 달라고 전해 주십시오. 中 請您轉告他，請他回電。

韓 15 분 후에 다시 전화하겠습니다. 中 十五分鐘後我會再打電話。

韓 언제쯤 돌아옵니까? 中（他）何時回來？

韓 언제 전화하면 연락할 수 있습니까?
中 何時打電話，可以連絡得到他呢？

韓 돌아오시는 대로 바로 전화해 달라고 전해 주시겠습니까?
中 您幫我轉告請他回來後立即回電給我，好嗎？

韓 1234-5678 로 연락 좀 부탁드린다고 전해 주십시오.
中 請轉告說，拜託他回電至 1234-5678。

新生字 새단어

01 본론 (本論)
本論；正題

02 들어가다
進去，進入

03 ~ 전
…前

04 안부 (安否)
問候

05 묻다
問、詢問

06 일반적 (一般的)
普通，一般

07 후 (後)
後，之後

08 밝히다
闡明，表明

09 사업 (事業)
事業

10 비서 (秘書)
秘書

11 직원
職員

12 삼성
三星

13 대리점 (代理店)
代理店

14 부탁하다 (付託 ~)
拜託

15 해외부 (海外部)
海外部門

16 영업부 (營業部)
營業部門

17 인사부
人事部門

18 경리부
經理部門

19 내선 (內線)
內線，分機 (외선 外線)

20 잠깐
一會兒，一下子

21 외출하다 (外出 ~)
外出，出門

22 어제
昨天

23 듣다
聽

24 아침
早上，早晨

25 직접 (直接)
直接，親自

26 언제
何時

27 ~ 쯤
左右

28 바로
就，立刻，馬上

전화를 걸 때 ② 撥打電話時 ②

제 5 과 언제 돌아오십니까? 請問何時回來？

장면: 홍지영 씨는 이성민 씨가 부재중이어서, 김진호 씨에게 이성민 씨의 일정을 알리고, 이성민 씨가 돌아오는 저녁 시간에 이쪽에서 전화를 다시 걸겠다는 메시지를 남긴다.

場景：洪智英小姐因為李聖民先生不在，所以她告訴金振浩先生有關李聖民先生的行程後，並留下訊息說李聖明先生回來時，會再撥打電話給他。

본문

홍지영: 이성민 씨 계십니까?

김진호: 죄송합니다만, 외출 중이십니다.

홍지영: 언제 돌아오십니까?

김진호: 아마 1시간 이내에는 돌아오실 겁니다. 전하실 말씀이 있으십니까?

홍지영: 아, 그렇군요. 저는 에이폰(A-Phone) 사의 홍지영입니다. 오늘 저녁에 제가 다시 전화를 하겠다고 전해 주시겠습니까?

김진호: 알겠습니다. 전해 드리겠습니다.

홍지영: 감사합니다.

本文

洪智英：李聖民先生在嗎？

金振浩：不好意思，他外出當中。

洪智英：他何時回來？

金振浩：大概一個小時以內會回來。需要幫你轉達什麼話嗎？

洪智英：好的。我是A-Phone公司的洪智英。請轉告他，說我今天晚上會再打電話給他，好嗎？

金振浩：我知道了。我會轉告他。

洪智英：謝謝。

單字

일정(日程) 日程　알리다 告訴；通知　이내(以內) 裡邊；以內　말씀 說，話　그렇다 那個；是的　전화를 하다 打電話　감사하다 謝謝

實用短句

상대가 돌아오는 시간을 물을 때　詢問對方回來的時間

韓 언제쯤 돌아오십니까?　中 何時回來?

韓 대략 몇 시에 돌아오십니까?　中 大概幾點會回來?

韓 오늘 밤에 사무실로 돌아오십니까?
中 今天晚上會回來辦公室嗎?

韓 언제 돌아오시는지 아십니까?　中 請問您知道(他)何時回來嗎?

韓 어떻게 하면, 지금 바로 연락이 가능할까요?
中 現在要怎麼做，才能馬上連絡得上他呢?

韓 양지은 씨가 마침 돌아오셨습니다.
中 楊智恩小姐剛好回來了。

韓 언제 돌아올지 잘 모르겠습니다.　中 我不清楚(他)何時回來。

小小叮嚀

메시지는 어떻게 받을까?
如何記下留言?

용건을 잘못 전달하지 않기 위해서는 반드시 메모하는 습관을 가지는 것이 중요하다. 메시지의 내용은 상대방의 회사명과 이름, 용건, 필요하면 상대방의 연락처, 전화를 받은 일시, 전화를 받는 사람의 이름을 간결하고 요령 있게 정리한다.

為了避免留言轉達出錯，一定要有記筆記的習慣。留言的內容應有對方公司名稱、姓名、重要事情，如有需要，也可簡單扼要地整理出對方的聯絡地址、來電的日期和時間、受話人的姓名等。

전화를 다시 걸겠다고 전할 때　轉告對方說會再次聯絡時

韓 오늘 저녁에 다시 연락드리겠다고 전해 주십시오.
中 請轉告他說我今天晚上會再打電話過去。

韓 제가 나중에 다시 연락드린다고 전해 주시겠습니까？
中 請轉告他說我之後會再次致電，好嗎？

韓 1 시간 이내에 다시 전화를 걸겠다고 전해 주시겠습니까？
中 請轉告他說一個小時內我會再打電話過去，好嗎？

韓 내일 다시 전화를 걸겠다고 전해 주시겠습니까？
中 請轉告他說明天我會再打電話過去，好嗎？

韓 다시 전화를 걸겠다고 전해 주십시오.
中 請轉告他說我會再來電。

韓 점심 식사 후에 다시 연락드리겠다고 전해 주십시오.
中 請轉告他說午飯後我會再打電話過去。

韓 다음 주에 다시 연락드리겠다고 전해 주십시오.
中 請轉告他說我下星期會再打電話。

新生字 새단어

01 습관 (習慣)
習慣

02 중요하다 (重要 ~)
緊要，重要

03 내용 (內容)
內容

04 회사명 (會社名)
公司名稱

05 필요하다 (必要 ~)
需求

06 일시 (日時)
時日

07 간결하다 (簡潔 ~)
簡潔

08 정리하다 (整理 ~)
整理

09 시간 (時間)
時間

10 대략 (大略)
大概，大約

11 몇
幾

12 시 (時)
點

13 사무실 (事務室)
辦公室

14 마침
正巧，剛好

15 나중
以後，下次

16 점심식사
午餐

17 다음 주
下個星期

약속을 할 때 ❶ 預定約會時 ❶ 1-6

제 6 과 만나고 싶습니다만, …… 我想見，……。

장면 : 김주원 씨는 박은혜 씨와 미팅시간을 정하기 위해 전화를 걸고 있다.
場景 : 金周元先生想跟朴恩惠小姐約時間見面，所以打了電話。

본문

박은혜 : 안녕하십니까? 삼성입니다. 무슨 용건이십니까?

김주원 : 안녕하세요. 김주원입니다. 박은혜 씨 자리에 계십니까?

박은혜 : 네, 접니다. 무슨 용건이십니까?

김주원 : 박은혜 씨를 만나고 싶습니다만, 내일 시간이 있으십니까?

박은혜 : 예, 괜찮습니다. 내일 오후 3시에 제 사무실에서 뵙는게 어떻겠습니까?

김주원 : 좋습니다. 5월 10일 오후 3시에 찾아 뵙겠습니다.

本文

朴恩惠：您好，這裡是三星公司。請問有什麼事嗎？

金周元：您好。我是金周元。請問朴恩惠在嗎？

朴恩惠：是的，我就是。請問有什麼事情？

金周元：我想和朴小姐見面，請問明天有時間嗎？

朴恩惠：好的，明天下午三點在我的辦公室見面如何？

金周元：好的。五月十日下午三點我會去拜訪您。

單字

삼성 三星 | 미팅시간 會面時間 | 정하다 定～，訂～ | 싶다 想；有意 | 오다 來，來到 | 찾다 尋找，找 | 뵙다（뵈옵다的略詞）見（敬語形）

實用短句

약속을 제의할 때　提出邀約時

韓 뵙고 싶습니다만,　中 我想和您見面，

韓 만나 주실 수 있습니까?　中 您可以跟我見面嗎？

韓 지금 만나고 싶습니다.　中 我想馬上見到您。

韓 시간이 괜찮으시다면 내일 뵙고 싶습니다.
中 要是時間允許的話，我想明天拜訪您。

韓 새로운 프로젝트에 관해서 만나 뵙고 상의하는 게 좋을 것 같습니다.
中 關於（針對）新計畫，我覺得見面商討一下會比較好。

韓 김미화 씨와 미팅시간을 정하고 싶습니다.
中 我想和金美花小姐約個時間見面。

韓 황 부장님과의 약속시간을 정하여 주시겠습니까?
中 您可以安排我跟黃經理的會面時間嗎？

韓 언제 돌아올지 잘 모르겠습니다.　中 我不清楚（他）何時回來。

小小叮嚀

약속을 정하려…?
如果想要預約…

약속을 정할 때는 일시와 장소, 용건이 중요사항이다. 틀리지 않도록 전화를 걸기 전에 약속 일시와 장소를 소리 내어 연습해 보자.

在訂定約會時，時間、地點和約會內容是重要的事項。為了避免失誤，在打電話之前可先將約會的時間和地點大聲唸出來練習看看。

약속 일시와 장소를 정할 때　訂定（安排）見面時間與地點時

韓 오후 3 시에 저희 사무실에서 뵙는게 어떻겠습니까？
中 下午三點在我（們的）辦公室見面如何？

韓 목요일 오전 10 시는 어떻습니까？ 中 星期四上午十點如何？

韓 그렇다면 5 일은 어떻습니까？ 中 那麼，五號如何？

韓 양명산 호텔 커피숍은 어떻습니까？
中 在陽明山飯店的咖啡廳（見面）如何？

韓 언제쯤 시간이 괜찮으십니까？ 中 您何時有空呢？

韓 오전 11 시에 저희 사무실로 와 주시겠습니까？
中 上午十一點可以來我們的辦公室嗎？

韓 다음 주 금요일에 시간이 있으십니까？
中 下星期五有時間嗎？

新生字 새단어

01 때
時候

02 사항（事項）
事項

03 틀리다
錯誤，錯

04 ～도록
盡量（表示達到的程度）

05 소리
聲音

06 내다
出；發出

07 연습하다
練習

08 제의하다（提議～）
建議，提議

⓽ 곧
立刻，馬上，就

⓾ 새롭다
新

⑪ 프로젝트
計劃案，企劃案

⑫ 상의하다 (相議 ~)
商量，商討

⑬ 부장 (部長)
部長，經理

약속을 할 때 ❷ 預定約會時 ❷ 1-7

제 7 과

죄송합니다만, 이번 주는 일정이 모두 잡혀 있습니다.
不好意思，這個星期行程都已排滿了。

장면 : 김재현씨의 비서인 이지선 씨가 약속을 제의하는 전화를 걸어왔다. 하지만 김진호 씨는 이번 주 일정이 모두 잡혀 있는 상황이다.

場景：金在賢先生的秘書李智善小姐來電表示要訂定見面時間。但是，金振浩先生本週的行程都已經排滿了。

본문

진호 : 안녕하세요, 김진호입니다.

지현 : 안녕하세요. 에스지(SG) 사 김재현 사장님의 비서인 이지현입니다. 저희 사장님께서 이번 주에 김진호씨를 뵙고 싶어 하십니다. 시간이 있으십니까?

진호 : 잠시만 기다려 주십시오.
제 일정을 확인해보겠습니다.
음… 죄송합니다만, 이번 주는 일정이 모두 잡혀 있군요.

지현 : 그럼, 다음 주 월요일은 어떻습니까?

진호 : 오후에는 시간이 있습니다.
제가 2시에 그 쪽 사무실로 찾아 뵙는 게 어떨까요?

지현 : 알겠습니다. 그럼 다음 주 월요일 오후 2시에 사무실로 오시는

本文

振浩：您好。我是金振浩。

智賢：您好。我是SG公司金在賢總經裡的秘書李智賢。我們總經裡想在這禮拜約金振浩先生見個面，請問有時間嗎？

振浩：請稍等一下。
我確定一下時間表。
嗯…不好意思，本週行程都已經排滿了耶。

智賢：那麼，下週一如何？

振浩：下午有空。我兩點到您辦公室拜訪(見面)，如何呢？

智賢：好的。那麼，就決定下禮拜一下午兩點在

걸로 일정을 잡겠습니다.

진호: 사장님께 다음 주에 찾아뵙기를 기대하고 있겠다고 전해 주십시오.

辦公室見面。

振浩：請幫我轉達總經理，我很期待下個星期能與他見面。

單字

잡히다 抓住；定　있다 有；在　모두 都　상황 (狀況) 場面；情況

그럼　(그러면的略詞) 那麼　월요일 (月曜日) 星期一　잡다 抓

기대하다 (期待 ~) 期望

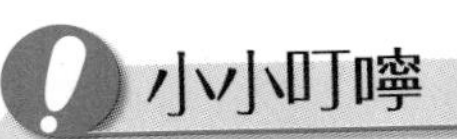

상황이 좋지 않을 때 거절 방법
遇到狀況不佳時的拒絕方法

상대방의 제의를 거절하는 것은 받아들이는 것보다 더 큰 배려가 필요하다. 바쁜 와중에 시간을 내서 만나고 싶어하는 것은 상대에게도 그 나름의 이유가 있기 때문이다. 그러므로 상황이 좋지 않다는 것을 분명히 밝히되, 상대에게 다른 일이 더 중요하다라는 인상을 주지 않도록 잘 말해야 한다. 우선 상황이 좋지 않다라고 말하기 전에 「죄송합니다만」이라는 의미의 말을 반드시 하도록 한다. 상황이 되지 않는 이유를 구체적으로 말하는 것도 효과적이다. 그래야 상대도 「그렇다면 어쩔 수 없다.」라고 납득을 한다. 그 다음 이쪽에서 먼저 「다음에 언제라면 괜찮습니다.」라고 적극적으로 제안하는 성의를 보이자.

謝絕對方的邀約比接受更需要費心。因為對方從忙碌中抽空出來要求見面，勢必有他自己的理由。因此在無法赴約時，為了不要讓對方覺得另一件事更重要而拒絕他，應當要善加說明不能到的原因。首先，在婉拒之前應先說「不好意思」之類的話。再來是具體地說出無法赴約的理由。這樣對方才能體會並回答「原來是這樣啊，那就沒辦法了！」。接下來要積極地提議說「如果是何時的話，那就可以見面。」，展現誠意讓對方了解。

實用短句

상황이 좋지 않음을 전할 때　告知對方情況不佳時

韓 죄송합니다만, 이번 주는 일정이 모두 잡혀 있습니다.
中 很抱歉，這星期行程全都排滿了。

韓 죄송합니다만, 화요일은 하루 종일 바빠서 아마 시간을 내기가 어려울 것 같습니다.
中 不好意思，我星期二一整天都很忙，恐怕很難挪出時間來。

韓 죄송합니다만, 이번 주는 일정이 꽉 차 있습니다.
中 不好意思，這星期我的行程表已排滿了。

韓 죄송합니다만, 그 날은 다른 약속이 있습니다.
中 不好意思，那天我已另有約會了。

韓 죄송합니다만, 다음 주는 출장 일정이 잡혀 있습니다.
中 不好意思，我下個星期要出差。

韓 내일은 급한 일이 있어서 안 됩니다.
中 我明天有急事，所以不行。

韓 수요일은 안 될 것 같습니다.　中 星期三好像不行。

상황이 좋은 일시를 전할 때　訂定狀況良好的時間時

韓 오후에는 시간이 있습니다.　中 下午有空。

韓 오늘 2 시 이후라면 만날 수 있습니다.
中 如果是下午兩點以後的話，可以見面。

韓 5 월 10 일은 시간이 됩니다.　中 五月十日有空。

韓 금요일 오전 중에는 시간이 괜찮습니다.
中 星期五上午的時間可以。

韓 다음 주라면 언제라도 괜찮습니다.
中 如果是下星期，隨時都可以。

韓 수요일 오전 중에는 괜찮습니다. 中 星期三上午有空。

韓 4 시 30 분쯤분쯤엔 시간이 됩니다.
中 四點三十分左右，(我) 有時間。

新生字 새단어

01 거절하다 (拒絕 ~)
拒絕

02 ~ 보다
比 (較)

03 배려 (配慮)
照顧；關懷

04 바쁘다
忙，繁忙

05 와중 (渦中)
旋渦；混亂之中

06 나름
自個兒

07 이유 (理由)
原因

08 때문
因為，由於

09 분명히 (分明 ~)
的確，顯然地，明顯地

10 밝히다
照亮；闡明，表明

11 다르다
不同，不一樣

12 우선 (于先)
首先

13 죄송하다 (罪悚 ~)
抱歉，對不起

14 의미 (意味)
意思，意味，意義

15 반드시
一定，務必

16 구체적 (具體的)
具體，實際

⑰ 효과적 (效果的)
有效，成效

⑱ 없다
沒有

⑲ 납득 (納得)
接受

⑳ 먼저
首先

㉑ 언제
幾時，何時

㉒ 적극적 (積極的)
積極

㉓ 제안하다 (提案 ~)
提議，提案，建議

㉔ 하루
一日、一天

㉕ 어렵다
難，不容易 (쉽다 容易)

㉖ 꽉
緊緊地

㉗ 급하다 (急 ~)
緊急，急切，急促

㉘ 수요일 (水曜日)
星期三

㉙ 금요일 (金曜日)
星期五

약속을 변경할 때　更改約會時　1-8

제 8 과

죄송하지만, 약속을 취소해야 겠습니다.
不好意思，約會要取消了。

장면 : 급한 일이 생긴 이지은 씨는 김주원 씨와의 약속을 취소하기 위해 전화를 하고 있다.
場景：李智恩突然有急事，正打電話要告知金周元先生即將取消約會。

본문

이지은 : 안녕하세요, 이지은입니다. 김주원 씨 자리에 계십니까?

김주원 : 안녕하세요, 지은 씨. 접니다. 무슨 일이십니까?

이지은 : 죄송합니다만, 약속을 취소해야겠습니다.

김주원 : 무슨 일이 생기셨습니까?

이지은 : 급한 업무가 생겼습니다.

김주원 : 네, 알겠습니다.

이지은 : 다시 약속을 잡는 게 어떨까요?

김주원 : 그러지요. 목요일 10 시쯤 어떻습니까?

이지은 : 아주 좋습니다. 감사합니다.

本文

李智恩：您好，我是李智恩。請問金周元先生在嗎？

金周元：智恩小姐您好。我就是金周元。有什麼事嗎？

李智恩：不好意思，約會要取消了。

金周元：發生了什麼事嗎？

李智恩：突然有緊急的工作。

金周元：我知道了。

李智恩：另外再約其他時間，如何？

金周元：就這樣吧！星期四十點左右如何？

李智恩：很好。謝謝。

單字

- 급하다 (急 ~) 急切，急促
- 생기다 產生，發生；長 (指長相)
- 약속 (約束) 約定，約會
- 취소하다 (取消 ~) 取消，撤除
- 업무 (業務) 業務
- 목요일 (木曜日) 星期四

實用短句

약속을 변경할 때　變更約會時

韓 죄송하지만, 약속을 취소해야겠습니다.
中 不好意思，約會要取消了。

韓 죄송합니다만, 내일 약속을 다음으로 연기했으면 합니다.
中 不好意思，明天的約定可能要延期了。

韓 (정말) 죄송하지만, 내일 선생님을 만나 뵐 수가 없습니다.
中 非常抱歉， 明天無法與老師見面。

小小叮嚀

약속을 변경할 때는?
更改約定(會)時

「시간은 금이다.」라는 격언도 있듯이, 업무에서는 업무시간을 돈으로 환산할 정도로 매우 중요하게 생각하는 것이 일반적이다. 약속의 취소와 변경은 상대의 귀중한 시간을 빼앗는 것일 수도 있으므로 「약속을 변경하지 않는」 것이 원칙이다.
그러나 급한 출장과 병 등으로 어쩔 수 없는 상황이 발생할 경우도 있다. 그럴 때는 최대한 빨리 상대에게 연락하는 것이 중요하다.
취소와 변경을 알릴 때는, 우선 간략하게 사과하는 성의를 보인 다음 「그런 사정이라면」 이라고 상대도 납득을 하면 그때 구체적인 이유를 설명하는 것이 중요하다. 또한 약속을 취소한 경우에는, 그 자리에서 다음 약속을 잡는 것이 좋다.

如同「時間就是金錢」這句格言，一般人在工作時，都會把時間換算成金錢來計算，視之為很重要的事情。取消或更改約會，有可能會耽誤到對方寶貴的時間。因此，以「不更改約會」為原則。但有時也有可能發生緊急出差、生病等……無法避免的狀況。此時，要盡早通知對方。在告知對方取消或變更約會時，首先要拿出誠意道歉，對方也會理解並表示「如果是有那種事的話…」，此後，再具體說明原因也是很重要的。另外在取消約會的同時，最好當場約好下次的約會時間。

韓 죄송합니다만, 월요일에는 찾아 뵐 수 없을 것입니다.
中 很抱歉，星期一沒辦法跟您見面了。

韓 미안하지만, 약속 장소를 바꾸고 싶습니다.
中 不好意思，我想更改約會地點。

韓 미안하지만, 약속 시간보다 1 시간 늦을 것입니다.
中 不好意思，我會比約定時間晚一小時到。

일시와 장소를 변경할 때　變更時間和地點時

韓 약속을 다시 변경할 수 있을까요? 中 可以再約嗎？

韓 약속시간을 새로 정할 수 있겠습니까?
中 可以再訂定約會時間嗎？

韓 혹시 약속을 9 일로 변경할 수 있겠습니까?
中 請問約會日期可以更改成九號嗎？

韓 미리 약속 날짜를 정해 둘까요? 中 可以事先預定見面的日期嗎？

韓 모임 장소를 변경할 수 있겠습니까?
中 可以更改聚會的地點嗎？

韓 약속을 변경해도 괜찮겠습니까? 中 可以更改約會時間嗎？

韓 약속 날짜를 바꿨으면 합니다만, 어떠신지요?
中 (我)希望能夠更改約會日期，您認為如何呢？

新生字 새단어

01 변경하다 (變更 ~)
更改，變更

02 금 (金)
金子

03 격언 (格言)
格言

04 환산 (換算 ~)
換算，折合

05 일반적 (一般的)
普通，通常，一般

06 귀중하다 (貴重 ~)
寶貴，可貴

07 빼앗다
搶，奪

08 원칙 (原則)
原則

09 병 (病)
生病

10 발생하다 (發生 ~)
發生

11 경우 (境遇)
情況，狀況

12 최대하다 (最大 ~)
最大

13 사과하다 (謝過 ~)
請罪；道歉

14 성의 (誠意)
誠心，誠意

15 납득 (納得)
接受，說服

16 설명하다 (說明 ~)
說明，解說

17 연기하다 (延期 ~)
延期

18 월요일 (月曜日)
星期一

19 장소 (場所)
地點

20 날짜
日子，日期

손님 응대 應付客人 1-9

제 9 과 오셨다고 전하겠습니다. 我會轉告他您來過了。

장면 : ABC 사의 박성희 씨가 서경민 씨를 방문하기 위해 안내 데스크를 찾아왔다.

場景 : ABC 公司的朴成熙先生為了訪問徐景民先生來到了服務台。

본문

데스크 : 안녕하십니까? 무엇을 도와 드릴까요?

박성희 : 안녕하세요. ABC 사의 박성희입니다.
서경민 씨와 약속을 했습니다.

데스크 : 예, 기다리고 계십니다.
오셨다고 전하겠습니다.
잠시만 기다려 주세요.

박성희 : 예.

데스크 : 곧 내려오신답니다. 앉아서 기다리시겠습니까?

박성희 : 감사합니다.

本文

服務台 : 您好！您需要什麼服務嗎？

朴成熙 : 您好，我是 ABC 公司的朴成熙。
我和徐景民先生有約。

服務台 : 是的，他正在等您。
我會轉告他您來過了。
請稍等一下好嗎？

朴成熙 : 好的。

服務台 : 他說他馬上就會下來，請您稍坐等候。

朴成熙 : 謝謝。

單字

- 방문하다 (訪問 ~) 訪問，拜訪
- 데스크 櫃台
- 찾아오다 來找，來訪
- 안내 (案內) 導覽，服務台
- 돕다 幫忙，幫助

實用短句

안내데스크의 응대　服務台人員的應對

韓 오셨다고 전해 드리겠습니다.　中 我會轉告他您來過了。

韓 오셨다고 알려드리겠습니다.　中 我會告知說您來了。

韓 기다리고 계십니다.　中（他）正在等（您）。

韓 두 분 중에서,
박정수 씨와 박정선 씨 중 어느 분이십니까?
中 這裡有兩位朴先生,
請問是朴政秀先生,還是朴政善先生呢?

韓 성함을 말씀해 주시겠습니까?　中 能告訴我您的尊姓大名嗎?

韓 회사명을 말씀해 주시겠습니까?　中 能告訴我貴公司的名稱嗎?

韓 어느 분과 약속을 하셨습니까?　中 請問您和哪一位有約?

小小叮嚀

안내 데스크에서는 이름과 회사명을 정확히 물을 것!
服務台人員要問清楚姓名和公司名稱

상대의 이름과 회사명을 정확하게 확인하는 것이 안내 데스크의 주된 업무이다. 만약 상대방이 말하는 걸 정확하게 듣지 못했다면 부끄러워 하지말고 「다시 한번 이름을 부탁 드립니다.」라고 되물어야 한다. 틀리게 전하지 않도록 「*** 사의 *** 씨군요.」라고 다시 한 번 확인하는 것이 좋다. 기다리는 동안 자리에 앉도록 권하는 등 배려를 잊지 않도록 한다.

服務台主要的工作是要問清楚訪客的姓名和公司名稱。如果聽不清楚對方的回答,不要覺得不好意思,應該要再次詢問:「麻煩您再說一次姓名。」為了避免傳達錯誤,最好再向對方確認:「請問是 *** 公司 *** 先生嗎?」。在客人等待的期間,應該貼心地請客人坐著等待。

안내를 할 때　指引時

韓 박 선생님께서 곧 오실 겁니다.　中 朴先生馬上就來了。

韓 박 선생님께서 오셨습니다.　中 朴先生來了。

韓 담당자님께서 곧 오실 겁니다. 잠시만 기다려 주십시오.
中 承辦人馬上就來了，請稍候。

韓 여기 앉으십시오.　中 請坐。

韓 여기에 성함을 기록해 주시겠습니까?
中 能請您在這裡簽個名嗎？

韓 3층에 있는 재무부로 가시겠습니까?
中 您是要去三樓的財務部門嗎？

韓 회의실로 안내해 드리겠습니다.　中 我帶您去會議室。

新生字 새단어

01 정확하다 (正確 ~)
準確，正確

02 확인하다 (確認 ~)
確定

03 부끄럽다
害羞，羞愧

04 부탁 (付託 ~)
拜託，請託

05 되묻다
重問

06 권하다 (勸 ~)
勸說，勸告

07 잊다
忘記

08 성함 (姓銜)
尊姓大名

09 담당자 (擔當者)
承辦人，負責人

10 기록하다
記錄，紀錄

⓫ 층 (層)
樓，層

⓬ 재무부 (財務部)
財務部門

⓭ 회의실 (會議室)
會議室

회사 소개　介紹公司

1-10

제 10 과

우리 회사는 노트북컴퓨터를 제조하고 있습니다.
我們是製造筆記型電腦的公司。

장면 : 박 비서는 이지훈 씨에게 회사의 취급 상품과 매상고의 개요를 설명하고 있다.

場景： 朴秘書正在向李志薰先生說明公司的經營商品和營業額的概況。

본문

박 비서 : 아시는 바와 같이 저희 회사는 노트북컴퓨터를 제조하고 있습니다.

이지훈 : 작년 매상고는 얼마였습니까?

박비서 : 대략 5천만 달러였습니다.

이지훈 : 대단하군요! 연차 보고서를 보여 주실 수 있습니까?

박비서 : 네, 물론이죠. 여기 있습니다.

本文

朴秘書： 如您所知，我們是製造筆記型電腦的公司。

李智薰： 去年的營業額是多少？

朴秘書： 大約是五千萬美元。

李智薰： 真了不起！可以看一下你們的年度報表嗎？

朴秘書： 當然，在這裡。

單字

회사 (會社) 公司　컴퓨터 電腦　제조하다 (製造 ~) 製造　비서 (秘書) 秘書
취급 (取扱) 辦理；管理　상품 (商品) 貨物，貨品　매상고 (賣上高) 營業額
개요 (概要) 提要，綱要，概要　설명하다 (說明 ~) 說明，解說，解釋
휴대용 (攜帶用) 手提式　얼마 多少　대략 (大略) 大概，大約　만 (萬) 萬
달러 美元，美金　연차 (年次) 年度　보고서 (報告書) 報告書，報表
물론 (勿論) 當然　여기 這裡，這邊

實用短句

회사의 업종을 설명할 때　說明公司的業種時

韓 저희 회사는 노트북컴퓨터를 제조하고 있습니다.
中 我們是製造筆記型電腦的公司。

韓 저희 회사는 가전제품 제조업체입니다.
中 我們公司是家電產品的製造廠商。

韓 저희 회사는 가구를 판매하고 있습니다.
中 我們是銷售家具的公司。

韓 저희 회사는 전자부품 수출입을 취급하고 있습니다.
中 我們公司負責進出口電子零件。

韓 저희 회사는 스포츠용품을 취급하고 있습니다.
中 我們是經營體育用品的公司。

韓 저희 회사는 잡화 수입을 전문으로 해오고 있습니다.
中 我們公司一直都是專門做進口雜貨。

韓 이것은 저희 회사 안내서입니다. 中 這是我們公司的簡介（手冊）。

小小叮嚀

설명하기 전에 자료를 챙길 것!
說明之前要先準備好資料！

비즈니스 교섭을 할 때 자신의 회사에 관한 자료를 가지고 있는 것이 중점이다. 회사의 업종, 창업, 규모, 업계에서의 위치, 최근의 업적 등은 물론이고 회사의 방침, 다른 회사와 비교한 특색, 장래의 전망 등을 설명할 수 있는 능력이 필요하다.

在談生意時，應攜帶有關自己公司的資料。無論是介紹自己公司的業種、創業、規模、在業界的地位、最近業績等……能力。當然也包含公司的方針和其他公司比較的特點及未來的展望等……，都需要加以說明才行。

회사의 개요를 설명할 때　說明公司概況時

韓 매상은 대략 5천만 달러였습니다.
中 銷售額大概是五千萬美元。

韓 저희 에이폰 (A-Phone) 산업은 1985 년에 설립되었습니다.
中 我們 A-Phone 產業公司創立於 1985 年。

韓 뉴욕과 런던에 지사가 있습니다.
中 在紐約和倫敦有分公司。

韓 직원 수는 약 천 명입니다.
中 員工數大約有一千名。

韓 저희 회사의 규모는 업계에서 제 3 위입니다.
中 我們公司的規模排行業界第三名。

韓 작년에는 매상이 150% 나 신장되었습니다.
中 去年的營業額成長了 150%。

韓 다른 회사와 경쟁하기 위해 신기술을 개발하였습니다.
中 我們為了和其他公司競爭，研發了新的技術。

新生字 새단어

01 자료 (資料)
資料

02 챙기다
整理；準備；照顧

03 비즈니스
商務；業務

04 교섭 (交涉)
交涉；談判；接洽

05 자신 (自身)
自己

06 관하다 (關)
有關，關於

07 지식 (知識)
知識；見識

08 중점 (重點)
重點

09 업종 (業種)
業種，業別

10 창업 (創業)
創業

11 규모 (規模)
規模

12 업계 (業界)
業界；企業

13 위치 (位置)
位置；地位

14 최근 (最近)
最近，近來

15 업적 (業績)
業績

16 방침 (方針)
方針

17 비교하다 (比較 ~)
相比，比較

18 특색 (特色)
特色，特點

18 장래 (將來)
將來

20 전망 (展望)
展望

21 등 (等)
等

22 능력 (能力)
事；能力

23 가전 (家電)
家用電器

24 제품 (製品)
製品，產品

25 제조업체 (製造業體)
製造廠商

26 판매하다 (販賣 ~)
銷售

27 저희
我們 (우리的謙稱)

28 전자 (電子)
電子

29 부품 (部品)
配件，零件

30 수출입 (輸出入)
進出口

31 담당하다 (擔當 ~)
承辦；負責

32 스포츠
運動，體育

33 용품 (用品)
用品

34 잡화 (雜貨)
雜貨

35 전문적 (專門的)
專門

36 설립되다 (設立 ~)
設立，開設，創立

37 뉴욕
紐約

38 런던
倫敦

39 지사 (支社)
分社，分公司

40 직원 (職員)
員工，職員

41 수
數

42 약 (略)
大概，約

43 명 (名)
名，位

44 신장되다 (伸張 ~)
擴展

45 경쟁하다 (競爭 ~)
較量

46 신기술
新技術

47 개발하다 (開發 ~)
開發

Unit 2
商用韓語會話

中→韓

第1課 預定約會 약속 정하기

本文 본문

A：您好！這裡是高麗萬事通。
안녕하세요! 고려만사통입니다.

B：喂，請找產品部張經理。
여보세요! 생산부 장 부장님 부탁드립니다.

A：請稍等。
잠시만 기다려 주십시오.

電話轉接後（전화 연결후）

B：喂，請問是產品部張經理嗎？
여보세요, 생산부 장부장님이십니까?

A：是的，您好！請問哪裡找？
그렇습니다. 어디십니까?

B：您好，我是漢江實業的姜相昊。
안녕하세요. 한강실업의 강상호입니다.

A：是的，姜先生，請問您有何貴幹？
네! 안녕하세요! 강 선생님, 무슨 일이십니까?

B：記得上次和您討論過的新產品合作事宜吧？
전에 말씀드렸었던 신상품 협력안을 기억하시지요?

A：現在貴公司決定好合作方式了嗎？
귀사에서 협력 방식을 결정하셨습니까?

B：差不多了。我希望能夠和您見個面，詳談細節問題。
네, 거의 완성되어 갑니다. 한번 만나서 세부 사항에 대해 의견을 나누었으면 합니다.

A：我下禮拜要出差三天，這禮拜方便見面嗎？
다음 주에 3 일간 출장을 나가야 합니다. 이번 주에 시간이 괜찮으십니까?

B：明天下午一點以後可以嗎？
내일 오후 1 시 이후에 가능하십니까?

A：明天下午我的行程已經排滿了，後天好嗎？
내일 오후에는 이미 일정이 꽉 차 있습니다. 모레는 어떻습니까?

B：後天同一時間如何？
모레 같은 시간은 어떻습니까?

A：抱歉，後天下午我要等幾個訪客來。
죄송합니다. 모레 오후에는 손님이 오십니다.

B：那麼後天早上十點可以嗎？
그럼, 모레 오전 10 시는 어떻습니까?

A：好！就這麼說定了。
좋습니다! 그럼 그렇게 정합시다.

B：後天見！
네, 그럼 모레 뵙겠습니다!

生詞 낱말

01 預定 예정하다 , 미리 정하다	08 記得 기억하다	15 希望 희망
02 約定；約會 약속	09 討論 토론하다	16 細節 세부 문제
03 喂 여보세요	10 合作 합작	17 出差 출장가다
04 經理 부장	11 事宜 사항	18 行程 일정
05 稍等 잠시 기다리다	12 貴公司 귀사	19 排滿 꽉 차 있다
06 轉接 연결하다	13 決定 결정 (하다)	
07 交易 거래	14 方式 방식	

第2課 參觀拜訪 방문 참관하기

本文 본문

A：王先生，歡迎您來參觀我們的工廠。
왕 선생님, 저희 공장에 참관하러 오신 것을 환영합니다.

B：你們工廠的規模好大呀！有多少員工？
공장의 규모가 매우 크군요! 직원이 얼마나 됩니까?

A：行政部門有兩百名，生產線上有六百四十名。
사무직은 200 명이고, 생산라인에 640 명이 있습니다.

B：能不能請你介紹一下公司主要的產品有哪些？
회사의 주요 상품으로 어떤 것들이 있는지 소개해 주시겠습니까?

A：這裡有敝公司的簡介和產品型錄，請您參考。
여기 저희 회사의 소개 책자와 상품의 카탈로그가 있습니다. 참고하십시오.

B：謝謝。陳廠長，請問那些人在做什麼？
감사합니다. 진 공장장님, 저 사람들은 무엇을 하고 있습니까?

A：他們正在檢查產品品質。
저 사람들은 제품의 품질을 검사하고 있습니다.

B：產品的品管進行得順利嗎？
제품의 품질관리는 잘 되고 있습니까?

A：我們的退貨率是百分之三以下。
우리회사의 반품율은 3% 이하입니다.

B：這個工廠目前的年產量是多少？
현재 이 공장의 연 생산량은 얼마입니까?

A：年產量大約二十五萬噸。
연간 약 25 만톤 정도를 생산하고 있습니다.

B：研究部門的規模有多大？
연구 부문의 규모는 어떻습니까？

A：我們有三十名專業的研究人員。
우리는 30 명의 전문직 연구원이 있습니다.

B：貴公司有多少研究開發經費？
귀사의 연구개발비는 얼마나 됩니까？

A：我們將總銷售額的百分之三用於研究開發。
우리는 총 판매액의 3% 를 연구개발에 씁니다.

B：難怪貴公司的產品市場佔有率高於其他品牌。
어쩐지 귀사의 상품은 다른 메이커보다 시장점유율이 높더군요.

A：參觀過我們的工廠後，有何想法呢？
저희 공장을 참관하신 소감이 어떻습니까？

B：謝謝您帶我參觀，（參觀後）令人印象深刻。
참관하게 해주셔서 감사합니다. 아주 인상이 깊었습니다.

生詞 낱말

01 參觀 참관하다	09 生產線 생산라인	17 年產量 연 생산량
02 拜訪 방문하다	10 產品 제품	18 噸 톤
03 歡迎 환영하다	11 型錄 카탈로그	19 開發 개발
04 工廠 공장	12 廠長 공장장	20 經費 경비
05 規模 규모	13 檢查 검사하다	21 總銷售額 총 판매액
06 多少 얼마나	14 品質 품질	22 難怪 어쩐지
07 員工 직원	15 品管 품질관리	23 市場佔有率 시장점유율
08 行政部門 행정부서	16 退貨率 반품율	24 品牌 메이커 , 상표 , 브랜드

第3課 新產品說明 신상품 설명

本文 본문

A：請看看我們最新型的筆記型電腦。
저희 회사의 최신형 노트북컴퓨터를 한번 보십시오.

B：外型看起來很搶眼，但是操作會不會很複雜？
외형상으로는 매우 눈길을 끕니다. 그런데 사용하기에는 복잡하지 않을까요?

A：不會，參照說明書的話，很容易操作。
아닙니다. 설명서를 참고하시면 간단합니다.

B：你可以當場示範一次嗎？
이 자리에서 시범을 보여주시겠습니까?

A：好。開機後，先在主目錄上選好所需的功能。
네, 전원을 켠 후, 먼저 주목록에서 필요한 기능을 선택하세요.

B：要按這個鍵嗎？
이 키를 누릅니까?

A：對。接下來就可以直接輸入資料了。
맞습니다. 그 다음에 자료를 직접 입력하실 수 있습니다.

B：操作起來的確比以前方便多了。
사용하기가 전보다 확실히 더 편리해졌군요.

A：目前這個產品是同等級中最暢銷的產品。
현재 이 제품은 유사 품목 중에서 제일 잘 팔리는 제품입니다.

B：這個產品比其他競爭產品好在哪裡？
이 상품이 경쟁상품보다 어떤 점이 더 좋습니까?

A：若說是同樣價格的話，敝公司產品比別家公司的品質更好。
같은 가격이라면, 저희 것이 다른 회사제품보다 품질이 더 좋습니다.

B：另外還有其他特點嗎？
　또 다른 특색이 있습니까?

A：這機種的體積輕巧而且設計精美。
　이 기종은 가볍고 정교하며 디자인 또한 세련됐습니다.

B：會不會很耗電？
　전력 소비가 많지 않습니까?

A：不會，它的特點之一就是省電設計。
　그렇지 않습니다. 이 제품의 특징 중 하나가 바로 절전설계입니다.

B：售後服務當然也沒問題吧！
　애프터서비스도 당연히 문제없겠지요?

A：我們有專人負責維修，而且它的故障率很低。
　저희는 전문 기술자가 수리를 책임지고 해드리며, 고장율도 매우 낮습니다.

B：謝謝您的說明。評估價格後，我會再跟您聯絡。
　좋은 설명을 해주셔서 감사합니다. 가격을 검토한 후에 다시 연락을 드리겠습니다.

生詞 낱말

01 最新型 최신형	10 目錄 목록	19 體積 체적
02 外型 외형	11 功能 기능	20 輕巧 가볍고 정교하다
03 看起來 보기에는	12 按 누르다	21 耗電 전력을 소비하다
04 搶眼 눈길을 끌다	13 鍵 키	22 省電 절전
05 操作 조작하다	14 輸入 입력하다	23 設計 설계 , 디자인
06 複雜 복잡하다	15 資料 자료	24 負責 책임을 지다
07 簡單 간단하다	16 機種 (型) 기종	25 故障率 고장율
08 當場 당장	17 品質 품질	26 成本 원가
09 示範 시범	18 特點 특색	

第4課 詢價及報價
가격 문의 및 견적

本文 본문

A：我來詢問有關批發貴公司電子辭典的業務。
전자사전 도매에 관하여 문의하고자 합니다.

B：您是指我們新推出的插卡式機型嗎？
저희가 새로 출품한 카드식 기종 말씀입니까?

A：是的，能給我看看樣品和產品型嗎？
그렇습니다, 제게 견본과 제품의 카탈로그를 보여 주시겠습니까?

B：在這裡，請看一下。
여기에 있습니다. 한번 보십시오.

A：請先報價吧！
먼저 가격대가 어떻게 됩니까?

B：這種機型的單價是一百九十八美元。
이 기종의 단가는 US달러 198불입니다.

A：有沒有包含卡片在內？
카드가 포함되어 있습니까?

B：沒有，卡片的單價是二十五美元。
아닙니다. 카드의 단가는 별도로 US달러 25불입니다.

A：你們的報價是離岸價格還是到岸價格？
귀사의 견적은 FOB 입니까 CIF 입니까?

B：這是離岸價格。
네, FOB 입니다.

A：價格上不能再便宜點嗎？
가격을 좀더 내릴 수 없습니까?

B：要是訂貨量夠大的話，我們公司會考慮降價。
만약 주문양이 많다면, 저희 회사측에서 가격 조정을 고려해 보겠습니다.

A：我們有意擔任貴公司在韓國的總經銷商。
저희가 귀사의 한국 총대리점을 맡고 싶습니다.

B：你們願意用這個品牌來銷售敝公司的產品嗎？
이 메이커로 저희 제품의 판매를 원하십니까？

A：我們想用自己的品牌來銷售貴公司的產品。
저희 자체 메이커로 귀사의 제품을 판매하고자 합니다.

B：不過目前我們不需要獨家代理商。
그렇지만, 현재 저희는 독점 대리점이 필요없습니다.

A：那麼我們可以在首爾銷售貴公司的產品嗎？
그럼, 저희가 서울에서 귀사 제품을 판매할 수 있겠습니까？

B：如果您有興趣的話，我們可以再詳談。
만약 관심이 있으시면, 다음에 더 자세하게 논의를 해볼 수도 있습니다.

生詞 낱말

01 詢價
가격 문의

02 報價
가격을 알리다 , 견적

03 詢問
문의

04 批發
도매

05 業務
업무

06 樣品
견본 , 샘플

07 商品型錄
제품 카탈로그

08 單價
단가

09 離岸價格 (FOB)
본선인도

10 到岸價格 (CIF)
운임 , 보험료 및 수수료 포함 가격

11 總經銷商
총대리점

12 銷售
판매하다

13 代理商
대리점

第5課 信用調查 신용 조회

本文 본문

A：請告訴我新達貿易公司的信用狀況。
신달무역회사의 신용 상황을 알려 주십시오.

B：國民銀行授與他們無擔保信用狀。
국민은행이 무담보 신용장을 주었습니다.

A：他們最近的營業額如何？
그 회사의 최근 영업액은 어떻습니까?

B：他們的業績蒸蒸日上。
실적이 나날이 늘어가고 있습니다.

A：他們有沒有被拒絕貸款的紀錄？
융자를 거절당한 적이 있습니까?

B：沒有，他們的根基穩固而且可靠。
없습니다. 기반이 튼튼하고 믿을만 합니다.

A：有沒有負債？
부채는 없습니까?

B：目前僅有小額負債，不過收支上能維持平衡。
현재는 소액의 부채가 있긴 하지만, 수입과 지출의 평형을 잘 유지하고 있습니다.

A：可以告訴我詳細的數據嗎？
자세한 통계 수치를 알 수 있습니까?

B：對不起，這涉及該公司的機密，我不便透露。
죄송합니다, 그건 회사의 비밀에 해당되어서 공개를 할 수 없습니다.

A：在進口方面，他們的經驗如何？
수입면에서 그들의 경력은 어떻습니까?

B：他們做日本電器產品的進口生意，有些許經驗。
일본 전기제품 수입면에서 경력이 좀 있습니다.

生詞 낱말

01 信用 신용	09 營業額 총매상고 , 영업액
02 調查 조회 (하다), 조사 (하다)	10 業績 실적
03 貿易 무역	11 貸款 융자
04 狀況 상황	12 紀錄 기록
05 信託 신탁	13 資本 자본
06 授與 수여하다	14 負債 빚 , 부채
07 無擔保信用狀 무담보신용장	15 透露 누설하다 , 폭로하다 , 공개하다
08 最近 최근	

第6課 公司介紹 회사 소개

▶2-6

本文 본문 ▶2-6

A：請問貴公司何時創立？
귀사는 언제 설립을 했습니까?

B：我們是新興的公司，大約只有十年的歷史。
저희는 신설회사로 설립한 지 약 10 년밖에 안 됩니다.

A：主要從事哪方面的買賣？
주로 어떤 물건을 취급하십니까?

B：我們生產並銷售高級的服飾。
저희는 고급 의상을 생산하고 판매합니다.

A：你們最大的市場在哪裡？
귀사의 최대 시장은 어디입니까?

B：我們的產品主要外銷到亞洲。
저희 상품은 주로 아시아에 수출됩니다.

A：你們主要的銷售管道是什麼？
귀사에서는 주로 어떤 판매 경로를 거쳐서 상품을 판매합니까?

B：在亞洲各主要城市，我們都設有銷售中心。
저희는 아시아의 각 주요 도시에 판매센터를 설치해 운영하고 있습니다.

A：貴公司的市場佔有率有多少？
귀사의 시장점유율은 얼마나 됩니까?

B：大約百分之十五。
대략 15%입니다.

A：貴公司的產品採用何種促銷方式？
귀사는 어떤 판촉 방식을 사용합니까?

B：我們經常在電視、報紙及雜誌上登廣告。
저희는 자주 텔레비전, 신문 및 잡지에 광고를 냅니다.

A：誰是貴公司主要的競爭對手？
누가 귀사의 주요 경쟁자(라이벌)입니까?

B：在香港我們有三家競爭公司。
홍콩에 경쟁사가 세 곳이 있습니다.

A：辦公時間呢？
근무 시간은요?

B：我們每週工作五天，每天上班八個小時。
저희 회사는 주 5 일제로, 하루 근무 시간은 8 시간입니다.

A：你們的勞資關係如何？
노사관계는 어떻습니까?

B：我們十分重視員工福利，故而雙方關係融洽。
저희는 직원의 복지를 매우 중요시해와서 노사 관계가 매우 원만합니다.

生詞 낱말

01 介紹 소개하다	04 管道 통로	07 登廣告 광고를 내다
02 大約 대략	05 促銷方式 판촉방식	08 上班 출근, 근무(하다)
03 從事 종사하다	06 競爭者 경쟁자, 라이벌 (rival)	09 勞資關係 노사관계

第7課 訂貨 주문

本文 본문

A：這產品的起訂量是多少？
이 제품의 기본 주문량은 얼마입니까?

B：五十箱以上。
50 상자 이상입니다.

A：如果我們一次訂三百箱的話，能給多少折扣？
만약 한번에 300 상자를 주문하면 얼마나 할인해 줄 수 있습니까?

B：只能給百分之三。
3% 정도만 해드릴 수 있습니다.

A：不能再多一點折扣嗎？
조금 더 할인해 주실 수 없습니까?

B：我們已經按照成本價賣了。
이미 원가로 판매를 해드리고 있습니다.

A：那麼，如果訂六百箱呢？
그럼, 만약에 600 상자를 주문하면요?

B：抱歉，我們的庫存有限，只能先供應三百箱。
죄송합니다, 저희 재고품이 한계가 있어서 300 상자만 공급해 드릴 수 있습니다.

A：真是可惜，下次多給一點吧！
정말로 아쉽습니다, 다음엔 좀 많이 배당해 주십시오!

B：好的，下次一定優先給你們。
그렇게 하겠습니다. 다음에는 반드시 우선으로 드리겠습니다.

A：六月下訂單的話，要多久才能出貨？
6월경에 주문하면 출하하는 데 얼마나 걸립니까?

B：裝船日期在九月下旬左右。
화물 적재 시기가 9월 하순입니다.

A：不能在八月底以前送貨嗎？
8월말 전에 상품을 받을 수 없나요?

B：除非你們在四月下訂單，否則我們無法辦到。
4월에 주문을 하지 않으시면 그렇게 할 수가 없습니다.

A：產品多久才可以運到？
제품이 도착하기까지 얼마나 걸립니까?

B：因為是用海運，預計要一個月才可以交貨。
배편이므로, 한 달 정도 걸려야 제품이 도착할 수 있을 것으로 예상됩니다.

生詞 낱말

01 訂貨 주문하다	04 成本價 원가	07 裝船 선적하다
02 起訂量（基本訂貨量） 기본 주문량	05 庫存 재고품	
03 折扣 할인	06 下訂單 주문을 하다	

第8課 付款方式 지불 방식

本文 본문

A：你們採用的付款方式是什麼？
귀사는 어떠한 지불 방식을 씁니까?

B：以不可撤銷的信用狀，憑單據結匯方式付款。
취소 불가능한 신용장과 영수증 결제 방식으로 지불합니다.

A：用 L/C 付款方式會增加我方的進貨成本。
L/C 지불 방식을 사용하면 저희의 입하 원가가 상승됩니다.

B：首批訂貨請開立信用狀好嗎？
첫 번째 주문의 신용장을 개설해 주시겠습니까?

A：好的！請告訴我們開立信用狀的銀行。
좋습니다! 어느 은행에 신용장을 개설해야 하는지 알려 주십시오.

B：請在華南銀行開立敝公司為受益人的信用狀。
화남은행에다 저희 회사를 수혜인으로 하는 신용장을 개설해 주십시오.

A：打算以哪一種貨幣來交易？
어느 나라의 화폐로 교역할 예정입니까?

B：通常是以美元交易。
일반 US 달러로 교역합니다.

A：請問預計要如何處理匯率問題？
환율 문제는 어떻게 처리할 예정입니까?

B：眾所皆知，匯率幾乎每天都在波動。按照浮動匯率計算吧！
모두가 알고 있다시피, 환율은 거의 매일 변하잖아요. 변동환율로 합시다.

A：那麼，我方希望價格在每次訂貨時議定。
그러면, 매번 주문할 때 가격을 논의해 확인합시다.

B：我認為最好是漲跌差異在 0.2 美元時，雙方再來議價。
제 생각에는 상하 0.2 달러 차이가 날 때는 쌍방이 다시 가격을 상의하는 게 좋겠습니다.

A：也好。那麼付款期限呢？
그렇게 하지요. 그럼, 지불 기한은요?

B：開發票日起六十天內付清，付現金打九五折。
영수증을 발행한 날로부터 60 일 내에 전부 지불하며, 현금 지불시에는 5% 할인이 됩니다.

A：這個條件太嚴苛了，不能分期付款嗎？
이 조건은 너무 각박합니다. 할부가 가능합니까?

B：那麼請你們預付百分之二十的訂金。
그럼, 먼저 20% 를 선불로 지급해 주세요.

A：好，其餘的可以給我們三個月的信用貸款嗎？
좋습니다. 그리고 나머지는 3 개월 할부로 지급을 완성해 주세요.

B：可以，就這麼說定了。
네, 좋습니다. 그렇게 결정하기로 합시다.

生詞 낱말

01 付款 지불하다	06 增加 증가	11 分期付款 정기분할 지불, 할부
02 不可撤銷 취소불가능	07 開立 개설하다	12 其餘 나머지
03 信用狀 (L/C) 신용장	08 受益人 수혜인	13 訂貨 (order) 주문 오더
04 單據 영수증	09 發票 영수증	
05 結匯 결제하다	10 付現金 현금으로 지불하다	

第9課 討論合同
계약에 관한 논의

▶2-9

本文 본문

A：我們想和貴公司討論一下合同的內容。
귀사와 계약 조건에 대해 구체적으로 논의하고 싶습니다.

B：好的，有什麼意見請提出來。
좋습니다, 무슨 의견이 있으시면 말씀하세요.

A：有關付款條件方面，我們想再詳細討論一下。
지불 조건에 대해 다시 자세하게 논의하고 싶습니다.

B：還有什麼問題嗎？
또 어떤 문제가 있습니까?

A：付款期限能不能延長到兩年。
지불 기한을 2년으로 연장할 수 없습니까?

B：這點我要請示過我們董事長後才能答覆你。
그에 대해서는 저희 사장님의 결재가 필요합니다. 지금 제가 답변해 드릴 수 없습니다.

A：我們要訂幾年的合同？
계약 기간은 얼마나 됩니까?

B：剛開始是一年，算是試驗期。
처음에는 1년으로 테스트기간이라고 할 수 있죠.

A：一年太短了，我們想訂三年的契約。
1년은 너무 짧아요, 3년 간 계약을 맺고 싶습니다.

B：其實如果雙方都同意，可以每兩年續約一次。
사실 쌍방이 동의하면, 매 2년마다 계약을 연장할 수 있습니다.

A：如果我們任何一方想要終止合同，該怎麼辦？
만약에 어느 한 쪽에서 계약을 정지하기를 원하면 어떻게 해야 합니까?

B：如果雙方都不同意續約，合同就自動失效。
만약 쌍방이 계약 연장에 동의하지 않으면, 연장계약은 자동적으로 취소가 됩니다.

A：簽約後還可以更改合同的細節嗎？
계약서에 서명한 후에도, 세부사항을 변경할 수 있습니까?

B：只有雙方都同意時，才能修改。
쌍방이 같이 동의를 할 경우라면, 수정을 할 수 있습니다.

A：未到期前可以解約嗎？
계약 기간이 끝나기 전에 해약이 가능합니까?

B：在試驗期間，只要一個月前通知即可解約。
테스트기간인 첫 해에는, 1 개월 전에 연락해 주시면 해약할 수 있습니다.

A：什麼時候可以準備簽約？
언제쯤 계약을 맺을까요?

B：我們希望能在一週內擬好合同書，正式簽約。
1 주일 안에 계약서를 작성한 다음에 정식으로 계약을 맺었으면 합니다.

生詞 낱말

01 討論 토론하다	04 董事長 이사장	07 更改 변경하다	10 通知 통지하다
02 合同 계약 (서)	05 答覆 답변	08 到期 기한이 되다	
03 延長 연장하다	06 契約 계약	09 解約 해약하다	

第10課 售後服務 애프터 서비스

本文 본문

A：這部機器的保證期限有多久？
이 기계의 보증기간은 얼마 동안입니까？

B：我們提供三年的保證。
보증기간은 3 년입니다.

A：在保證期間所有的修理都是免費的嗎？
보증기간 내에 모든 수리는 무료입니까？

B：是的，我們會免費提供定期的保養檢查。
그렇습니다, 정기적인 정비와 검사를 무료로 받을 수 있습니다.

A：如果需要更換零件呢？
만약 부속품을 교체해야 하면은요？

B：我們會依照該零件的成本計價。
부속품의 원가에 따라 가격을 계산합니다.

A：你們在釜山也有售後服務嗎？
부산에서도 애프터서비스를 받을 수 있습니까？

B：當然，我們在釜山有兩個服務中心。
그럼요. 부산에도 서비스센터가 2개나 있습니다.

A：每個服務中心都有負責維修的工程師嗎？
서비스센터마다 수리를 책임지는 엔지니어가 있습니까？

B：對，不過若在當地修不好，我們會送回總廠。
네, 만약 현지에서 수리를 못하면 우리가 본사 장으로 보냅니다.

A：通常機器送修都要多久才可以取回？
보통 수리를 맡기면 얼마나 있어야 되찾을 수 있습니까？

B：任何故障，我們都保證在一周內修好。
어떠한 고장이라도 저희는 반드시 1주일 내에 수리해 드립니다.

A：若是租用機器，你們是否提供相同服務？
기계를 임대해서 사용해도 같은 서비스를 제공할 수 있습니까？

B：在租期內，所有維修都按成本計價。
임대 기간 동안의 모든 수리는 원가로 해드립니다.

生詞 낱말

01 售後服務 애프터 서비스 (A/S)	05 定期 정기	09 零件 부속품
02 保證期 보증기간	06 保養 보수하다 , 정비하다	10 服務中心 서비스센터
03 修理 수리	07 檢查 검사하다	
04 免費 무료	08 更換 교체하다	

第11課 索賠 클레임 / 배상

▶2-11

本文 본문

A：我想說明一下貨物受損的情形。
화물의 피해 상황을 설명하고자 합니다.

B：受損的數量有多少？
피해 본 수량은 얼마나 됩니까?

A：有百分之十的貨物受海水浸泡，已不堪使用。
10% 의 화물이 바다물에 잠겨 사용할 수 없게 됐습니다.

B：我們會派代表去檢查受損的程度。
피해 상태를 확인하기 위해 사람을 파견하겠습니다.

A：我們會寄上一份保險索賠清單。
보험배상의 명세서를 발송하겠습니다.

B：抱歉，讓你們蒙受不少損失。
죄송합니다. 적지 않은 손해를 끼쳤습니다.

A：另外，我們檢查過貨物後，發現有短缺情形。
별도로, 제품을 검사한 후 수량이 부족한 것을 발견했습니다.

B：短缺了多少？
얼마나 부족합니까?

A：少了一箱。
한 박스입니다.

B：我們會儘快把缺額補齊。
빠른 시일 내에 부족한 것을 보충해 드리겠습니다.

A：而且這批貨的品質比起上次，瑕疵品好像變多了。
그리고 이번 제품의 품질은 지난 번 것보다 하자품이 좀 많아진 것 같습니다.

B：如果貨品有不滿意的地方，我們很樂意更換。
품질이 만족스럽지 않으시면 기꺼이 바꿔 드리겠습니다.

A：那麼，發票上的品目和價格是否該更正？
그럼, 영수증 상의 품목과 가격도 변경을 해야지요?

B：好的，我們會將更正過的帳單寄給你。
네, 변경된 명세서로 보내 드리겠습니다.

生詞 낱말

01 索賠 클레임 (claim)	05 海水 바닷물	09 短缺 부족하다
02 受損 손해를 보다, 손상 받다	06 派遣 파견하다	10 瑕疵品 하자품
03 情形 상황	07 寄還 반송하다	11 品目 품목
04 數量 수량	08 保險 보험	

第12課 商業專門術語 상업전문용어

樣品・產品 견본・상품

01 原樣品 오리지날 견본	07 對等樣品 대등 견본	13 違禁品 금지품
02 複樣品 복제 견본	08 主要商品 주요 상품	14 高級品 고급 물품
03 品質樣品 품질 견본	09 廣告品 광고품 , 선전품	15 半成品 반 완성품
04 彩色樣品 칼라 견본	10 抵押品 저당품	16 外銷貨 수출 물품 / 수출품
05 賣方樣品 판매자측 견본	11 代替品 대체품	17 優良品質 우량 품질
06 買方樣品 구매자 견본	12 仿冒品 모조품	18 劣等品質 열등 품질

價格 가격

01 總價 총가격	06 時價 시가 , 시세	11 廉價 염가
02 半價 반가	07 市價 시가 , 시장가격	12 拍賣 경매
03 特價 특가	08 底價 최저가	13 公平價格 공정가격
04 原價 원가	09 批發價 도매가격	14 平均價格 평균가격
05 物價 물가	10 不二價 정찰가	

公司 회사

01 有限公司
유한공사 (회사)

02 股份有限公司
주식회사

03 總公司
본사

04 分公司
지사

05 跨國公司
다국적 기업 (회사)

06 關係企業
계열기업

07 大盤商
큰 도매상

08 中盤商
중간 도매상

09 批發商
도매업자

10 總代理
총대리

11 黑市
암시장

12 老主顧
단골손님

13 股東
주주

14 股票
증권 , 주식

15 證券商
증권상

16 罷工
파업

17 薪水
봉급

18 佣金
커미션

信用狀 신용장

01 可轉讓信用狀
양도 가능 신용장

02 不可轉讓信用狀
양도 불가능 신용장

03 可撤銷信用狀
취소 가능 신용장

04 不可撤銷信用狀
취소 불가능 신용장

05 即期信用狀
즉시 신용장

06 旅行信用狀
여행 신용장

07 商業信用狀
상업 신용장

08 循環信用狀
순환 신용장

09 備用信用狀
대비 신용장

10 保證信用狀
보증 신용장

銀行 은행

01 付款銀行 대금지불은행
02 通知銀行 통지은행
03 電匯 (T.T.) 전신환
04 本行支票 자기은행수표
05 他行支票 타행수표
06 旅行支票 여행자수표
07 空頭支票 공수표
08 空白支票 백지수표
09 存款 예금 , 저금
10 利息 이자

國際貿易 국제무역

01 出口報關 수출세관신고
02 出口簽證 수출허거서 (사증)
03 出口申報單 수출신고서
04 進口申報單 수입신고서
05 輸入許可證 수입허가증
06 輸出許可證 수출허가증
07 裝船通知書 선적통지서
08 運費請求書 운송비청구서
09 詢價單 가격청구서 , 견적서
10 估價單 계산서 , 견적서
11 裝貨單 화물선적서
12 倉庫費 창고비
13 包裝費 포장비
14 裝卸費 적하비
15 簽證費 비자 요금
16 延期費 연장 요금
17 保證金 보증금
18 分批裝船 분할선적
19 裝船日期 선적일자 , 선적 날짜 , 선적기

Unit 3
商務信件往來 (e-mail) 範例

回覆客戶來信詢問產品時：

이민호 선생님, 안녕하십니까?
ABC 마케팅팀의 이성민입니다.
편지 주셔서 감사합니다.
파일을 첨부하여 메일 보내드립니다.
궁금하신 사항이 있으시면, +886-2-2735-6211 로 언제든지 연락바랍니다.
그 동안 애용해 주셔서 대단히 감사합니다.
좋은 하루 보내세요. (= 좋은 하루 되세요.)

中譯

李敏浩先生，您好嗎？
我是 ABC 公司行銷部的李聖民。
感謝您的來信。
寄給您的郵件已附上規格表檔案。
若有疑問，請隨時撥打 +886-2-2735-6211
非常感謝您的使用。
祝您有美好的一天。

客戶來信通知業務承辦人已更換及業務聯繫：

안녕하십니까?
에스지케미칼 직원 이성민이라고 합니다.
앞으로 김진호 씨의 업무는 제가 인수하여 진행하게 되었습니다.
잘 부탁 드립니다.
아래 문제에 대한 답변 부탁드립니다.

아래 오더의 선적스케줄 확인 부탁드립니다.
SGC-2014-010
SGC-2014-011
SGC-2014-014

그리고 새 견적관련 자료를 보내주시기 바랍니다.
제품 : ABC
수량 : 45MT (3FCL)
R-ETA: 3월 초

고객님이 계속 재촉하셔서 오늘 내로 답변 부탁드립니다.
감사합니다.

◎ Please give us a new quotation under following condition :
◎ Product : para-Formaldehyde
◎ Quantity : 30MT (2FCL)
◎ R-ETA : early in Mar.
◎ Looking forward to your response.

中譯

您好嗎？
我是 SG Chemical 的職員李聖民。
以後金振浩先生的業務由我來接手，還請多多關照！
有關以下問題請確認後給予回覆：
請確認以下訂單的船期。
SGC-2014-010
SGC-2014-011
SGC-2014-014

另外請給我們一個新的報價：
產品：ABC
數量：45MT (3FCL)
要求預定抵達日期：三月初

因為客戶那邊一直在催促，請在今日內給予回覆。
謝謝！

供應商提供產品規格表及報價給客戶：

貿易商金在賢先生來電詢問 AZA 產品（貿易商的目標客戶是 ABC 公司），供應商回覆給金在賢先生 AZA 規格表及報價：

안녕하세요. 김재현 씨:
전화해 주셔서 감사합니다.
아래와 같이 AZA 가장 좋은 견적 가격을 보내드립니다. (엔드 유저: ABC)

1. 제품: AZA
2. 가격: USD 3,000/MT CIF Busan, nett
3. 지급조건: L/C at sight
4. 포장: 25kg paper bag, every 10MT to be a 20ft FCL (with pallet)
5. 수량: 10MT/1FCL
6. 유효기한: to Aug. 12, 2014
7. 선적: end Aug. ~early Sep. shipment, 2014

We sincerely offer our best price of AZA for you (End user: ABC) as below:

1. Product:AZA
2. Price:USD 3,000/MT CIF Busan, nett
3. Payment term:L/C at sight
4. Packing:25kg paper bag, every 10MT to be a 20ft FCL (with pallet)
5. Quantity:10MT/1FCL
6. Validity term:to Aug. 12, 2014
7. Shipment:end Aug.~early Sep. shipment, 2014

AZA 사양서 파일을 첨부하여 메일로 보내드립니다.
질문이 있으면 저한테 이메일을 보내세요.
좋은 하루 보내세요.

中譯

金在賢先生 您好：
感謝您的來電。
以下為寄給您 AZA 最好的報價（終端用戶： ABC）：

1. 產品：AZA
2. 價格：USD 3,000/MT CIF Busan, nett
3. 付款條件：L/C at sight
4. 包裝：25kg paper bag, every 10MT to be a 20ft FCL (with pallet)
5. 數量：10MT/1FCL
6. 有效期限：to Aug. 12, 2014
7. 裝船：end Aug.~early Sep. shipment, 2014

寄給您的信件附上規格說明書檔案。
若您有問題，請寄 Email 給我。
祝您有美好的一天。

單字

韓 견적가격 (見積價格)
中 報價
英 offer

韓 포장 (包裝)
中 包裝
英 Packing

韓 팔레트 (Pallet)
中 棧板

韓 사양서 (仕樣書)
中 規格說明書
英 Specification

韓 수량 (數量)
中 數量
英 Quantity

韓 제품 (製品)
中 產品
英 Product

韓 유효기한
中 有效期限
英 Validity term

韓 가격 (價格)
中 價格
英 Price

韓 선적 (船積)
中 裝船
英 shipment

韓 지급 조건 (支給條件)
中 付款條件
英 Payment term

韓 20 피트 컨테이너
中 20 呎貨櫃
英 20 ft Container

04 回覆客戶產品詢問信：

貿黃次長來信向朴恩惠小姐詢問 ABC 公司阻燃劑 (난연제)，朴恩惠小姐回信給黃次長說明現況：

안녕하세요. 황차장님,
ABC 영업부 3과 박은혜입니다.
어제 황차장님께서는 문의하신 난연제는 저희 그룹의 엔지니어링 플라스틱 생산공정에서는 사용하지 않는 재료입니다.
저희 부장님께서 다른 업체를 통해서 알아보셨는데, 차장님께서 찾고 계시는 난연제(고내열성) 생산업체는 대만 시장에서 XYZ 밖에 없는 것 같습니다.
저희 그룹의 모든 제품에 관해 궁금하신 부분이 있으시면 언제든지 연락주세요.
제가 최대를 다해 도와 드리겠습니다.
감사합니다.
좋은 하루 되세요.

中譯

黃次長您好！
我是 ABC 公司營業部 3 課的朴恩惠。
昨天黃次長您詢問的阻燃劑，在我們集團的工程塑膠 (Engineering Plastic, EP) 生產製程中沒有使用這項材料。
我們部長打聽到其他有生產阻燃劑的廠家，次長您在找的阻燃劑（耐高溫性）在台灣市場似乎只有 XYZ 公司在生產。
若您對於敝公司產品有任何問題，請隨時與我聯絡。
我將全力協助您。
謝謝！
祝您有美好的一天。

單字

韓 난연제 中 阻燃劑	韓 생산 공정 中 生產製程	韓 고내열성 中 耐高溫性
韓 엔지니어링플라스틱 中 工程塑膠		

05 不在辦公室通知信：

設定自動回覆 Email，告知來信者本人因參加企業外訓不在公司，請以手機及 Email 聯繫：

8/5(화) 외부 교육으로 부재 중입니다.
급한 건은 핸드폰으로 연락주시기 바라며, 기타 용무는 이메일로 남겨주시면 조속히 회신 드리겠습니다.

中譯

本人 8/5（週二）因參加企業外訓將不在公司。
有緊急事件請撥打手機，若有其他事務，請寄送 Email 給我，我回到公司後將會盡快回覆您。

單字

- 韓 외부교육 (外部教育)
  中 企業外訓
- 韓 기타 (其他)
  中 其他
- 韓 핸드폰 번호
  中 手機號碼
- 韓 부재 (不在)
  中 不在
- 韓 용무 (用務)
  中 事務；事情
- 韓 이메일 (Email)
  中 電子郵件
- 韓 예정 (豫定)
  中 預定，打算
- 韓 남기다
  中 保留；留下
- 韓 급하다 (急 ~)
  中 緊急，急切，急促
- 韓 복귀 (復歸)
  中 返回；恢復
- 韓 핸드폰 (hand phone)
  中 手機
- 韓 대응하다 (對應 ~)
  中 應對；應付

06 催客戶儘速匯款：

付款條件為 T/T in advance，本週供應商即將安排出貨 (訂單編號：2014-050)，但尚未收到客戶匯款。

안녕하세요.
귀사의 2014-050 오더 건은 아직 결제가 안되었는지요?
최대한 빠르게 부탁드립니다.
이번 주에 딜리버리가 잡혀 있습니다.
조속히 회신 주시기 바랍니다.
감사합니다.

中譯

您好！
貴公司的訂單 2014-050 還沒匯款嗎？
麻煩您儘快付款。
本週要安排出貨。
請您盡快回信。
謝謝！

單字

韓 귀사 (貴社)
中 貴公司

韓 최대한 (最大限)
中 最大限度

韓 아직
中 還未，沒 (+ 否定 = 還未 , 沒)

韓 빠르다
中 趕緊，快

韓 결제 (決濟)
中 清算，結算

韓 부탁하다 (付託 ~)
中 請托；托付

韓 이번주
中 這周，本周

韓 급하다 (急 ~)
中 緊急，急切，急促

韓 딜리버리 (Delivery)
中 送貨

韓 회신 (回信)
中 回信

詢問外銷至孟加拉報價：

貿易商想出口 AZA 產品至孟加拉，寫 E-mail 向供應商說明客戶現況並詢價。

제목 : [ABC(주)] AZA / R103, R105 수출용 가격문의입니다.

안녕하세요.
전화드렸던 ABC 박은혜입니다.
AZA / R103, R105 수출용 가격 문의입니다.
수출국은 방글라데시, 예상수량은 년 800 톤입니다.
바이어측은 현재 일본에서로 수입을 하고 있는 상황입니다.
확인 후 연락 주시면 감사하겠습니다.
좋은 하루 되십시오.

中譯

主題 : [ABC 公司] 產品 AZA（規格 : R103, R105）外銷詢價。

您好。
我是剛剛與您通電話的 ABC 公司朴恩惠。
我有 AZA 的外銷詢價（規格 : R103, R105）。
出口至孟加拉，預估數量為 800MT/ 年。
目前狀況是該客戶從日本進口。
請您確認後通知我，我將不勝感激。
祝您有美好的一天。

單字

韓 방글라데시 中 孟加拉 英 Bangladesh	韓 톤 中 公噸 英 Ton	韓 바이어 中 買主 英 buyer
韓 수출 (輸出) 中 出口	韓 예상 (豫想) 中 預估；預料	韓 수입 (輸入) 中 進口
韓 가격문의 (價格問議) 中 詢價	韓 현재 (現在) 中 現在	韓 상황 (狀況) 中 狀況，情況

買方開出信用狀後通知代理商：

ABC 公司朴恩惠代理寄 E-mail 通知金在賢董事已開出信用狀 (產品 AZA)，並要求儘快提供船期。

김재현 이사님 :
ABC 본사 구매팀 박은혜 대리입니다.
AZA $240,000 L/C 개설하였습니다.
수입신용장 개설신청서 파일을 첨부하여 메일로 보내드립니다.
빠른 선적 진행 부탁드립니다.
감사합니다.

中譯

金在賢董事 您好！
我是 ABC 總公司採購部朴恩惠代理。
已經開了 AZA 信用狀（金額 $240,000）。
寄給您的附件檔案為進口信用狀開狀申請書。
請您盡速提供船期。
謝謝。

單字

韓 이사 (理事) 中 董事	韓 본사 / 본점 (本社 / 本店) 中 總公司 / 本店
韓 구매팀 (購買 team) 中 採購部	韓 개설하다 (開設 ~) 中 開立

韓 개설은행 (開設銀行)
中 開戶銀行

韓 선적 (船積)
中 裝船

韓 수입신용장 개설신청서 (輸入信用證開設申請書)
中 進口信用狀開狀申請書

韓 진행 (進行)
中 進行

品質客訴信

客戶李聖民先生以 E-mail 向代理商 ABC 公司黃理事提出產品 AZA 樹脂 (AZA 수지) 規格 T1 變色 (變黃) 客訴，客戶表示在棧板上的 2 層太空包中，發現在上層太空包 AZA 樹脂的表面變黃。客戶提出目前倉庫中正常品與此次變黃產品之物性測試結果，要求供應商 SG Chemical (에스지케미칼) 調查及提出解決方案。

客戶：李聖民先生
供應商： SG Chemical
產品名：AZA 樹脂
規格名：T1
代理商： ABC 公司 , 黃理事

제목 : 에이스지케미칼 AZA 변색과 관련해 ...
황이사님 ,
안녕하세요 , 이성민입니다 .
7 월 5 일 입고된 에이스지 AZA 제품 (T1) 에서 첨부 사진과 같이 CHIP 의 변색 상태가 발생되어 , 저희 공장에서 분석한 결과 , 물성에도 여러 항목에서 차이가 발생하는 것으로 나타났습니다 . 메이커인 에이스지 측에 긴급 통보해 주시기 바라오며 , 변색 원인 및 재발 방지 대책을 강구해 주시기 바랍니다 . 관련제품은 반품 보상 등의 조치가 예상되오니 이 부분도 에이스지와 협의하셔서 대응해 주시기를 당부 드립니다 .

1. GRADE : T1 (LOT : 2400LL-73)
2. 불량현상 : T1 변색 현상은 2 단 적재 중 상부 BAG 에서 윗쪽만 변색으로 확인되어 있습니다 .
3. T1 보유 자료와 비교해 보면 , 변색데이터의 아래 항목에서 차이가 발생하였습니다 .

(1) 인장신율 저하 .
AZA 일반 사용 불가 . (고객사 신뢰성 평가에서 문제 발생 가능)
(2) HDT 편차 심함 .
열 안정성에서 문제 발생 가능 .

(3) YI 높음.
NA/WH 컬러류에 사용 시 문제 발생 가능.

감사합니다.
이성민 드림

中譯

主題：關於 SG Chemical AZA 變色

黃理事：
您好，我是李聖民。
7 月 5 日入庫 SG 公司的 AZA T1 規格發生粒子變黃現象，附件為發生變黃粒子照片及敝公司工廠分析結果，在多項物性上，發現變黃粒子與正常粒子不同。希望您緊急通報製造商 SG 公司調查粒子變黃的原因，並且提出再發防止對策。相關產品的處理措施（退貨或補償等），也請您和 SG 公司協商。

1. 規格：T1（生產批號：2400LL-73）
2. 不良現象：兩層包裝只有在上層袋中的上面發生 T1 變黃的現象。
3. 若是和儲存 T1 的資料比較，變黃的 T1 在以下項目中發生了差異：
   (1) 引張伸率 (Tensile Elongation) 下降
   不可使用於一般 AZA 複合材料製作。（會發生客戶信賴性評價的問題。）
   (2) HDT 偏差測試
   會發生熱穩定性的問題。
   (3) 高 YI 值
   使用於 NA（Natural color, 自然色）和 WH（White color, 白色）類時會發生問題。

謝謝。
李聖民 敬上

單字

韓	中	韓	中
변색 (變色)	變色	측 (側)	方；側
관련 (關聯)	有關，相關	긴급통보 (緊急通報)	緊急通報
입고 (入庫)	入庫	변색 (原因)	原因
제품 (製品)	產品，製品	재발방지 대책 (再發防止 對策)	再發防止 對策
첨부 (添附)	附加，附上	수립하다 (樹立 ~)	樹立；建立
상태 (狀態)	狀態，狀況	반품 (返品)	退貨；換貨
발생되다；발생하다 (發生 ~)	發生，產生	보상 (補償)	補償；賠償
분석하다 (分析 ~)	分析	등 (等)	等
결과 (結果)	結果	조치 (措置)	措施
물성 (物性)	物性	예상되다 (豫想)	預想，預料
여러	許多，數 (個)，幾 (個)…	부분 (部分)	部分
항목 (項目)	項目	협의하다 (協議 ~)	協商，協議
차이 (差異)	差異，差別	대응하다 (對應 ~)	對應，應對，對付
나타나다	出現；產生	당부 (當否)	可否

韓 메이커
中 製造商
英 maker

韓 컬러
中 顏色
英 color

韓 불량현상 (不良現象)
中 不良現象

韓 일반 (一般)
中 一般，普通

韓 단 (段)
中 段，級

韓 불가 (不可)
中 不可，不能

韓 적재 (積載)
中 裝載

韓 신뢰성 (信賴性)
中 可信性

韓 상부 (上部)
中 上部

韓 평가 (評價)
中 評價，評估

韓 윗쪽
中 上邊，上面

韓 편차 (偏差)
中 偏差

韓 확인되다 (確認 ~)
中 確認

韓 열 안정성 (熱 安定性)
中 熱穩定性

韓 보유 (保有)
中 儲存

韓 류
中 類

韓 저하 (低下)
中 下降

代理商向客戶分析船班安排利弊

客戶購買 Plus 公司的 AZA 產品，代理商向客戶 (洪課長 / 秀美小姐) 說明最近上海港嚴重壅塞、船期經常延誤，建議客戶更換至太倉港 (TAICANG) 發貨。客戶原本出貨航線 KL LINE, MT LINE 為上海港 (상해) ⇨光陽港 (광양)，但是由太倉港發貨只能在釜山港 (부산) 卸貨。

홍 과장님 / 수미 씨
항상 도움을 주셔서 감사합니다.
첨부한 Plus AZA OFFER SHEET 참조 바랍니다.
Plus AZA 선적 시 선사에 관한 사항에 대해 상의 드리고자 합니다.
수미씨 의견에 따라 KL LINE 에 대해 확인했습니다.
KL LINE 도 최근 출발 지연이 번번히 발생하고 있다고 합니다.
중국에서 확인 결과, 최근 상해 항구의 적체가 심해서 상해에서 출발하는 거의 모든 선사가 출항일을 지키지 못하고 있다고 합니다.
Plus 에서는 상해가 아닌 TAICANG 이란 항구를 이용하면, 요즘 일정이 정확하다고 하나, 광양 SERVICE 가 안 된다고 합니다.
(부산만 가능함).
의견 주시기 바랍니다.

中譯

洪課長 / 秀美小姐
感謝您經常給予協助。
請參考 Plus 公司的 AZA 報價。
在此與您討論 Plus 公司 AZA 的船期相關事宜。
秀美小姐的意見是按照 KL LINE 所確認的船期。
聽說最近 KL LINE 也很常發生船期延誤。
在中國方面確認的結果，聽說最近上海港嚴重壅塞，幾乎所有上海港的船班都無法按照原定船期出發。
如果不安排上海港改安排太倉港的話，聽說最近船期準確，但是沒有在光陽港卸貨（只能在釜山卸貨）。
請告訴我您的意見。

單字

韓 첨부하다 (添附)
中 附帶

韓 출발 (出發)
中 出發

韓 정확 (正確)
中 正確，準確

韓 참조 (參照)
中 參考

韓 지연 (遲延)
中 誤點，延誤

韓 하나
中 但是，可是

韓 선적 (船積)
中 裝船

韓 발생 (發生)
中 發生

韓 광양
中 光陽

韓 선사 (船社)
中 船公司

韓 상해
中 上海

韓 안되다
中 不行

韓 관하다 (關 ~)
中 有關，關於

韓 항구 (港口)
中 港口

韓 가능하다 (可能 ~)
中 可能

韓 사항 (事項)
中 事項

韓 적체 (積滯)
中 積壓；堵塞

韓 추가 (追加)
中 追加

韓 상의 (相議， 商議)
中 商議，商談

韓 거의
中 差不多，幾乎

韓 계획 (計劃)
中 計劃

韓 의견 (意見)
中 意見

韓 이란
中 為이라는 것은的縮寫，中文為「係指」

韓 이나
中 或，或是，不管，無論

韓 따르다
中 按照，跟隨

韓 모든
中 全部，一切，所有

韓 경우 (境域)
中 情況，情形

韓 대하다 (對 ~)
中 對待；面對面

韓 출항일 (出航日)
中 船期，啟航日期

韓 자체 (自體)
中 本身，自己

韓 확인 (確認)
中 確認

韓 지키다
中 保持；遵守；看守

韓 최근 (最近)
中 最近

韓 일정 (日程)
中 日程

告知客戶公司名稱即將變更

韓國新江公司 (한국 신강) 發布通知將於 2015 年 1 月 2 日起更名為韓國 SG 公司 (한국 에이스지)。

수신 : 고객사 , 공급업체 및 협력업체
제목 : 사명 변경 안내문

아시는 바와 같이 신강그룹은 2013 년 에스지그룹과 합병하여 " 에스지 " 라는 그룹으로 통합되었습니다 .
이에 따라 통일된 그룹 이미지와 시너지 효과를 바탕으로 보다 나은 서비스 제공을 위하여 오는 2015 년 1 월 2 일자로 한국신강 (주) 의 사명은 한국에이스지 (주) 로 변경될 것입니다 .
한국신강 (주) 의 모든 영업 활동은 한국에이스지 (주) 의 사명 하에 변동 없이 계속될 것입니다 .
본 안내문과 관련하여 문의가 있으신 경우 귀사의 거래 담당자에게 연락하여 주시기 바랍니다 .
그 동안 귀사에서 보여 주신 협조에 감사드리며 앞으로도 지속적인 관심과 지원을 부탁드리겠습니다 .
Shingang Korea Co., Ltd. 한국신강주식회사 대표이사

中譯

收信人：買方公司 , 供應商以及協力廠商
題目：公司名稱變更通知

如您所知，新江集團已於 2013 年與 SG 集團合併，整合後更名為 "SG 集團 "。
為了在整合後集團的形象和綜合效應的基礎上提供更佳的服務，韓國新江股份有限公司自 2015 年 1 月 2 日起即將更名為韓國 SG 股份有限公司。
韓國新江股份有限公司將以韓國 SG 股份有限公司之名繼續維持所有業務活動。
若您對於本通知有任何問題，請向貴公司往來負責人聯絡。

我們感謝貴公司的協助，同時希望未來也能持續給予關心和支持。
韓國新江股份有限公司 代表理事（董事長）

單字

韓 수신 (受信) 中 收信	韓 효과 (效果) 中 效果，成果	韓 문의 (問議) 中 詢問；問題
韓 고객사 (顧客社) 中 買方公司	韓 바탕 中 底子，基礎	韓 경우 (境域) 中 情況，情形
韓 공급업체 (供給業體) 中 供應商	韓 제공 (提供) 中 提供	韓 거래 (去來) 中 交易；往來
韓 협력업체 (協力業體) 中 協力廠商；承包商	韓 위하다 (為 ~) 中 為了	韓 협조 (協助) 中 協助
韓 제목 (題目) 中 題目	韓 활동 (活動) 中 活動	韓 앞으로 中 以後，將來，未來
韓 변경 (變更) 中 變更；變化	韓 변동 (變動) 中 變動	韓 지속적 (持續的) 中 持續
韓 이미지 中 形象 英 image	韓 모든 中 所有的，全部的，一切的	韓 시너지 中 協同，互助 英 synergy
韓 그룹 中 (企業) 集團 英 Group	韓 서비스 中 服務 英 Service	韓 관심 (關心) 中 關心，關注
韓 합병하다 (合併 ~) 中 合併	韓 계속 (繼續) 中 繼續	韓 지원 (支援) 中 支援，支持
韓 통합 (統合) 中 合併，結合	韓 본 (本) 中 本	韓 대표이사 (代表理事) 中 董事長，公司負責人
韓 통일 (統一) 中 統一	韓 관련하다 (關聯 ~) 中 有關，相關	

客戶下訂單並要求通知船期：

안녕하세요.
새 오더는 2014-031/032 입니다. 첨부 파일 참조 바랍니다.
R-ETA: 4월 초/4월 중
선적 스케줄을 부탁드립니다.
감사합니다.

中譯

新的訂單為 2014-031/032. 請參考附件。
要求預定抵達日期：四月初 / 四月中。
請通知我們預計的船期表。
謝謝！

13 客戶提供 L/C copy 並要求通知船期：

안녕하세요.
오더 번호 2014-031/032 LC 사본을 보냅니다.
업무에 참조 바랍니다.
그리고 선적 스케줄이 확인되면 보내 주시기 바랍니다.
감사합니다.

中譯

您好！
現在寄出訂單編號 2014-031/032 的 L/C 副本。
敬請查收。
另外，船期表安排好之後請通知我們。
謝謝！

向公司內部轉達訊息（供應商將延遲出貨）：

採購人員收到供應商SG Chemical (에이스지케미칼) 通知無法如期交貨後，向工廠轉達此訊息。同時也向工廠表達已催促供應商儘快出貨，但同時提醒工廠留意目前庫存狀況。

안녕하세요.
SG 에 3 월 5 일 입항으로 KZ03 1 컨테이너 PO 진행 부분은 아직 shipping schedule 이 미확정 상태 입니다.
최대한 빠른 진행을 요청하고 있습니다. 현재 공장 재고 상황이 어떤지 확인 부탁드립니다.

PO # : 91005600
* Product : KZ03 in 500kg bag/pallet, 30 pallet
* Quantity : 15,000kg (1 FCL)
* Price : USD 1,500/MT
* Delivery : Should be arrived in Busan port on or before 05 MAR 2013
* Incoterms : CIF Ulsan port
* Payment : T/T 30 days from the B/L date

中譯

您好！
有關 SG 公司原定 3 月 5 日進港的 1 櫃 KZ03 訂單，目前船期還未確定。
雖然已經要求 SG 公司安排最快船期，但還是麻煩請確認工廠目前的庫存狀況如何。

單字

韓 입항 (入港)
中 入港，進港

韓 요청하다 (要請 ~)
中 請求；要求

韓 진행하다 (進行 ~)
中 進行

韓 현재 (現在)
中 現在

韓 아직
中 還未，沒 (+ 否定 = 還未，沒)

韓 공장 (工場)
中 工廠

韓 미확정 (未確定)
中 未確定

韓 재고 (在庫)
中 庫存

韓 최대한 (最大限)
中 最大限度

韓 상황 (狀況)
中 狀況

韓 컨테이너
中 貨櫃 (集裝箱)
英 container

韓 어떤지
中 到底如何 ⇨ 어떻다 如何 (v.) 與 " ㄴ + 지 " 到底…，是否

韓 빠르다
中 趕緊 , 快

※ PO 是 訂 單 "Purchase Order" 的 縮寫，有時候寫 P/O

15 PROFORMA INVOICE (견적 송장 形式發票) 範例

From : SAM YONG CO., LTD
159 SAMSUNG-DONG KANGNAM GU
SEOUL, KOREA
Tel : 02-6000-6000
Fax : 02-6000-6001
E-mail : samyong@hotkey.com

Ref. NO :
MAR, 15, 2015

To : FABRY CO., LTD.

PROFORMA INVOICE

We as Seller confirm having sold you as Buyer the following goods on the terms and conditions as stated below :
COMMODITY :
QUALITY :
QUANTITY :
PACKING & MARKING :
UNIT PRICE & TERMS OF DELIVERY : FOB BUSAN
AMOUNT :
PAYMENT : LETTER OF CREDIT
TIME OF SHIPMENT :
MAY. 31, 2007 12,000.00KGS
JUN. 30, 2007 12,000.00KGS
JUL. 31, 2007 12,000.00KGS
PORT OF SHIPMENT : BUSAN, KOREA
DESTINATION : LONDON
INSURANCE : TO BE COVERD BY BUYER
SPECIAL TERMS & CONDITIONS :
L/C SHOULD BE ARRIVED HERE AT LEAST 30DAYS IN

ADVANCE

SAM YONG CO., LTD.
W. K. Park
President

견적송장

매매인은 아래 조건 하에 매수인에게 아래와 같이 제시한 상품을 판매합니다.
상품명 :
품질 :
수량 :
포장 및 표시 :
단가 및 인도 조건 : 본선 인도 조건 부산항
금액 :
지불 : 신용장
선적 시간 :

MAY. 31, 2007	12,000.00KGS
JUN. 30, 2007	12,000.00KGS
JUL. 31, 2007	12,000.00KGS

선적항 : 부산, 한국
목적지 : 런던
보험 : 매수인 부담
특별 조건들 :
신용장은 반드시 선적 30일 전에 도착해야 함.
삼영회사

中譯

形式發票
買賣方按照以下條件，對買方銷售如下商品
品名：
品質：
數量：
包裝與標示：

單價與交付條件：離岸價格釜山港
金額：
付款：信用狀
裝船日期：
MAY. 31, 2007 12,000.00KGS
JUN. 30, 2007 12,000.00KGS
JUL. 31, 2007 12,000.00KGS
港口：釜山，韓國
目的地：倫敦
保險：買方付費
特別條件：
信用狀須於出貨裝船 30 天前開出。
三英公司

Unit 4
商用韓語常用例句

열심히 하겠습니다 .

01 客戶通知將拜訪時：

韓 무엇을 도와 드릴까요?

中 請問您需要我幫忙嗎？

韓 호텔을 예약해 드릴까요?

中 需要幫您預訂飯店嗎？

韓 어느 호텔을 예약해 드릴까요?

中 需要幫您預訂哪一家飯店呢？

韓 방을 예약하고 싶습니까?

中 您想要訂房嗎？

韓 숙박은 예약하셨습니까?

中 您有訂房了嗎？

韓 칠 월 삼십 일에 이 호텔에는 빈 방이 없습니다.
다른 호텔을 예약하시는 게 어떻습니까?

中 7 月 30 日這間飯店客滿了。訂其他的飯店怎麼樣？

비다 空

韓 뵙고 싶습니다만, 언제쯤 시간이 괜찮으십니까?

中 我想和您見面，您何時有空呢？

韓 목요일 오전 중에는 괜찮습니다.

中 我星期四上午有空。

韓 오전 9 시쯤 약속이 있어요.

中 上午九點左右有約會。

韓 목요일 오전 10 시쯤 어떻습니까?

中 星期四十點左右如何呢？

韓 우리 사무실은 십 층에 있습니다.
中 我們的辦公室在十樓。

02 ‥‥ 接待客戶時：

韓 만나서 반갑습니다.
中 很高興見到你！
※ 第一次見面用。第二次以後見面只講"반갑습니다."⇨ 有歡迎的意思

中 오랜만입니다. = 오랜만이에요.
中 好久不見！

韓 빨리 들어오십시오.
中 請快進來。

韓 저쪽으로 앉으십시오.
中 請往那邊坐。

韓 일찍 오셨네요!
中 您來得真早啊！

韓 무엇을 드시겠어요?
中 您要喝什麼？

韓 어떤 음료를 드릴까요?
中 您想要喝什麼？

韓 커피나 차를 드릴까요?
中 您要喝咖啡或茶嗎？

韓 커피나 물을 드시겠어요?
中 您要喝咖啡或水嗎？

韓 한국어를 할 줄 아십니까?

中 你會說韓國話嗎?

韓 간단한 한국어만 할 줄 압니다.

中 我只會說簡單的韓國話。

韓 저는 한국어를 조금 할 줄 알아요.

中 我會說一點韓國話。

조금 少量,一點,稍微(指短時間)

韓 지금 서울의 날씨가 어떻습니까?

中 現在首爾的天氣如何?

韓 언제 타이베이에 도착하셨습니까?

中 您是什麼時候抵達台北的?

韓 언제 대만에 도착하셨어요?

中 您是什麼時候抵達台灣的?

韓 언제 대만에 오셨습니까?

中 您是什麼時候來台灣的?

韓 대만에는 처음 오셨습니까?

中 您第一次來台灣嗎?

韓 대만에 얼마 동안 머무르시겠습니까?

中 您要在台灣待多久?

韓 대만에 얼마 동안 머무를 예정입니까?

中 您預計在台灣停留多久?

머무르다 停留

韓 대만에 얼마 동안 체류할 생각이세요?

中 您打算在台灣停留多久?

체류하다(滯留~)

韓 대만에 계시는 동안 모두 타이베이에 계시겠습니까?
中 您這段時間都是待在台北嗎？

韓 어느 호텔에 묵으십니까?
中 您住在哪一家飯店？
※「住旅館」的動詞是用 "묵다"，不可以用 "살다"。

韓 버스를 타면 한 20 분쯤 걸려요.
中 坐公車大概要花 20 分鐘。

韓 택시를 타면 한 20 분쯤 걸립니다.
中 搭計程車大概要花 20 分鐘。

韓 택시로 한 20 분쯤 걸립니다.
中 搭計程車大概要花 20 分鐘。

韓 타이베이에서 타이난까지 기차로 한 네 시간쯤 걸려요.
中 從台北搭火車到台南大概需要四小時左右。

韓 아침마다 버스로 회사에 가요.
中 我每天早上搭公車去公司。

韓 저는 매일 운전해서 출근합니다.
中 我每天開車上班。

출근하다 (出勤 ~) 上班

韓 아침마다 오토바이로 회사에 가요.
中 我每天早上騎摩托車去公司。

韓 아침마다 오토바이를 타고 회사에 와요.
中 我每天早上騎摩托車來公司。

타다 騎；乘

韓 저는 아들 하나와 딸 하나가 있습니다.
中 我有一個兒子和一個女兒。

韓 시간이 있습니까? 같이 저녁이나 하시지요!
中 您有時間嗎？ 一起吃個晚餐吧！

韓 시간이 괜찮으면 같이 저녁을 드시지요!
中 您有時間嗎？ 一起吃晚餐吧！

韓 같이 갑시다.
中 一起走吧！
※ 注意對長輩時，講 " 같이 가시지요." 。

03 客戶來拜訪公司於離開前：

韓 그 호텔은 여기서 멉니까?
中 那個飯店離這裡遠嗎？

韓 여기서 타오위안국제공항까지 얼마나 멉니까?
中 從這裡到桃園國際機場有多遠？

타오위안국제공항 桃園國際空港

韓 리무진버스를 타면 한 50 분쯤 걸립니다.
中 坐機場巴士大概要花 50 分鐘。

리무진버스 機場巴士 Limousine Bus

韓 길이 막히는 시간이 아니면 저희 회사에서 타오위안국제공항까지 리무진버스로 한 시간쯤 걸립니다.
中 如果不是尖峰時間，從我們公司坐機場巴士到桃園國際機場大概需要一小時左右。

韓 공항 리무진버스 승차장은 어디입니까?
中 機場巴士站在哪裡呢？

韓 어디에서 리무진버스를 타야 합니까?

中 要在哪裡搭機場巴士呢？

韓 리무진버스 승차장은 바로 저희 회사 앞에 있습니다.

中 我們公司前面就有機場巴士站。

바로 就是

韓 먼저 가겠습니다.

中 我先（離開）走了。

韓 여행 중 건강 조심하세요.

中 一路上請多保重。

몸조심(~操心) 保重身體

韓 편안한 여행이 되시길 기원해요!

中 祝你一路平安！

韓 시간이 괜찮으시다면 대만에 놀러오는 것을 환영합니다.

中 要是時間允許的話，歡迎您來台灣玩。

환영하다 (歡迎 ~)

韓 안녕히 가십시요.

中 再見！（請慢走）

韓 다시 연락드리겠습니다.

中 我會再跟您聯絡。

韓 또 뵙겠습니다.

中 改天再聯絡。（再見！）

韓 다음에 또 연락을 드리겠습니다.

中 我下次再聯絡您。

04 請客戶吃飯時：

吃飯前說

韓 주인 : 맛있게 드십시오.
손님 : 네, 잘 먹겠습니다.
中 主人：請好好用餐（請享用）。
客人：我會好好地來享受（我開動了）。

吃飯後說

韓 주인 : 많이 드셨어요?
손님 : 네, 잘 먹었습니다.
中 主人：您有沒有吃飽？
客人：我吃飽了

韓 점심 때 어디에서 식사를 할까요?
中 午餐時，我們在哪裡吃飯好呢？

韓 A : 몇 시에 만났습니까?
B : 여섯 시 반에 만났습니다.
中 A：幾點見面？
B：六點半見面。

韓 A : 거위고기를 먹을래요?
B : 대만맥주를 마실래요?
中 A：你要吃鵝肉嗎？
B：你要喝台灣啤酒嗎？

韓 같이 한잔 합시다.
中 一起喝一杯吧！

韓 꼭 먹어야겠어요.
中 一定要吃。

韓 너무나 맛있어요.
中 太好吃了！

韓 이 음식은 정말 맛있어요！
中 這菜真好吃啊！

韓 물 한 잔 주세요.
中 請給我一杯水。

韓 진지(를) 드십시오.
中 請用膳。

듣다 用（吃東西時）

韓 많이 드십시오.
中 請多吃（用）點。

韓 술을 너무 많이 마시지 마십시오.
中 請不要喝太多酒。

韓 너무 많이 먹어서 배가 부릅니다.
中 因為吃太多，所以肚子飽。

韓 술을 많이 마셨기 때문에 머리가 아픕니다.
中 因為喝很多酒，所以頭痛。

韓 술을 너무 많이 마셔서 하마터면 토할 뻔했습니다.
中 因為喝太多的酒，差一點就吐了出來。

韓 오늘 점심은 맛있게 먹었습니다.
中 今天的午餐很好吃。

韓 오늘 저녁은 맛있게 먹었습니다.
中 今天的晚餐很好吃。

05 ‧‧‧‧ 送客戶回飯店時：

對較年長的長輩、長官

韓 안녕히 주무십시오.
中 晚安（較謙卑）

韓 안녕히 주무세요.
中 晚安

韓 안녕히 주무셨습니까？
中 早安＝昨晚睡得好嗎？（較謙卑）

韓 안녕히 주무셨어요？
中 早安＝昨晚睡得好嗎？

對較年輕的長輩、長官

韓 안녕히 주무세요！
中 好好睡吧！（較謙卑）

韓 잘 자요！
中 好好睡吧！

韓 어제 밤에 편히 주무셨어요？
中 你昨晚睡得好嗎？（較謙卑）

韓 어제 밤에 잘 잤어요？
中 你昨晚睡得好嗎？

韓 만나서 반가웠어요.
中 很高興認識你。

韓 저는 배가 고픕니다. 야식 먹으러 갑시다.
中 我餓了！我們去吃宵夜吧！

韓 스린야시장으로 같이 갈까요？
中 想要一起去士林夜市嗎？

韓 내일 오전 9 시에 골든차이나호텔 로비에서 만나요！
中 明天早上九點在康華大飯店大廳見囉！

06 電話交談時：

向客戶說明「抱歉晚回覆 E-mail」

韓 죄송합니다만 어제 시간이 없어서 아직 이메일에 답장하지 못 했습니다.
中 不好意思。因為昨天沒空，所以還沒回覆您電郵。

韓 업무상의 불편을 드려서 죄송합니다.
中 對於給您帶來業務上的不便（麻煩），深表歉意！

韓 오늘 안에 다시 이메일에 답장해 드리도록 하겠습니다.
中 我盡量在今天之內回覆您 E-mail。

突然有急事要取消約會

韓 가：죄송합니다만 갑자기 급한 회의가 생겼습니다. 그래서 내일 약속을 취소해야겠습니다.
나：괜찮습니다. 나중에 다시 약속 시간을 정하겠습니다.
가：네, 알겠습니다. 다음 약속을 기대하겠습니다.
中 甲：不好意思，突然有緊急會議，所以明天的約會要取消了。
乙：沒關係，以後再約其他時間。
甲：好的，我知道了。我會期待下次的約會。

向客戶說明稍後再聯絡時

韓 지금 식사하는 중입니다.
中 現在正在吃飯當中。

韓 식사 후에 다시 전화하도록 하겠습니다.
中 吃過飯後，我再打電話給您。

韓 저녁 식사 후에 다시 연락드리도록 하겠습니다.
中 吃完晚飯以後，我再打電話給您。

韓 회의 후에 다시 전화하도록 하겠습니다.
中 開完會以後，我再打電話給您。

韓 회의가 끝날 무렵에 전화드리겠습니다.
中 開完會時我會打電話給您。

韓 수업이 끝날 무렵에 전화드리겠습니다.
中 下課時我會打電話給您。

韓 지금 통화 중이니 나중에 다시 걸어주세요.
中 現在正在講電話中，請晚一點再打來。

韓 내일 오전에 선생님께 전화를 드릴게요.
中 明天早上我會打電話給您。

韓 잠시 후에 결과를 알려드리겠습니다.
中 待會兒再告訴您結果。

韓 이 일을 상사께 말씀드린 후 다시 전화를 드리겠습니다.
中 我先報告上司這件事後，再打電話給您。

催促客戶開信用狀

韓 오더 번호 2014-031 LC 사본을 이미 보내셨습니까?
中 您已經寄出訂單編號 2014-031 的 L/C 副本了嗎？

韓 아니요, LC 정본을 받으면 LC 사본을 보내드리겠습니다.
(= 아니요, LC 정본을 받으면 LC 사본을 보내겠습니다.)
中 還沒，我要是收到 L/C 正本，我就馬上寄 L/C 副本給您。

07 關心及祝福客戶假期愉快：

韓 가 : 이번 휴가 때 특별한 계획이 있어요?
나 : 여행을 가려고요. 벌써 비행기표도 예약해 놓았어요.
가 : 정말 좋아요. 어디로 놀러 갑니까?
나 : 방학 때 한국으로 여행을 갈 생각입니다.
가 : 즐거운 휴가 보내시기를 바랍니다.
中 甲 : 這次休假你有什麼特別的計畫嗎？
乙 : 我想去旅行。我連機票都已經訂好了。
甲 : 真好。您要去哪裡玩呢？
乙 : 我打算放假時去韓國旅行。
甲 : 希望你假期愉快。

韓 PRF 견적 관련 답변 메일을 아직 받지 못했습니다.
中 有關 PRF 的報價我們還沒有收到。

韓 그리고 오더 054 의 선적스케줄 알려주시기 바랍니다.
中 還有，希望您能告知我訂單 054 的船期。

韓 요즘 공급이 매우 부족하기 때문에 선적스케줄을 앞당기지 못합니다.
中 最近供應非常吃緊，所以我們無法將船期提前。

韓 요즘 오더가 많습니다. 그래서 납품 기간이 2 개월 이상 걸립니다.
中 最近有很多訂單，所以交貨期要花 2 個月以上的時間。

韓 이 제품은 납품 기간이 얼마나 걸립니까?
中 這項產品需要花多少時間完成交貨？

韓 저희 회사에서는 현재 이런 제품은 다 매진된 상태입니다. 재고품이 없습니다.

中 這些產品目前我們公司是全出清的狀況。沒有庫存品。

韓 인사부서로 연결해 주시겠습니까?

中 請問可以幫我轉接到人事部門嗎？

韓 구매부서로 연결해 주시겠습니까?

中 請問可以幫我轉接到採購部門嗎？

韓 영어를 할 줄 아는 사람 좀 바꿔 주시겠습니까?

中 請問可以幫我轉接給會說英文的人嗎？

韓 구매부서 담당자 전화번호 좀 알려 주시겠습니까?

中 請您告訴我採購部門承辦人員的電話號碼好嗎？

韓 구매부서 담당자 전화번호 좀 가르쳐 주시겠습니까?

中 請您告訴我採購部門承辦人員的電話號碼好嗎？

韓 장사가 잘 됩니다.

中 生意很好。

韓 안타까워요.

中 可惜（帶有感嘆…）。

아깝다 可惜，惋惜

韓 좋은 소식（消息）

中 好消息

韓 괜찮아요?

中 不要緊（沒關係）吧？

韓 네, 괜찮아요.

中 是的，不要緊（沒關係）。

韓 동감입니다.（同感~）
中 我也有同感。

韓 너무나 좋습니다.
中 太好了！

韓 항상 도와 주셔서 감사합니다.
中 感謝您經常給予協助。

韓 귀사는 저희 회사의 제일 중요한 손님이십니다.
中 貴公司是我們公司最重要的客戶。

韓 쉬운 일이 아닙니다.
中 不是一件容易的事。

韓 쉬운 일이 아니에요. = 쉽지 않아요.
中 不是一件容易的事。

韓 어려운 일이 아닙니다.
中 不是一件困難的事。

韓 어려운 일이 아니에요. = 어렵지 않아요.
中 不是一件困難的事。

韓 노력하도록 하겠어요.
中 我會盡力而為。

노력(努力) 努力

韓 제가 도울 수 있는 한 돕겠습니다.
中 若我能幫忙，我會盡量幫忙。

韓 문제가 있으면 저한테 이메일을 보내세요.
中 如果有問題請 Email 給我。

韓 전화 주셔서 감사합니다.
中 謝謝您的來電。

韓 문제가 심각한 것 같아요.
中 問題好像很嚴重。

韓 골치가 아픕니다.
中 傷腦筋。

韓 세상에!
中 我的天啊！ Oh my god.

韓 농담하지 마세요.
中 別開玩笑了。

韓 정말이에요?
中 是真的嗎？

韓 깜짝 놀랐어요.
中 嚇了一大跳。

놀라다 吃驚，驚訝

韓 믿을 수 없습니다.
中 我不敢相信。難以置信。

韓 어떻게 알았어요? / 어떻게 아셨어요?
中 您怎麼知道了呢？

알다 知道；認識

韓 진짜 잘 모르겠는데요.
中 我真的不知道。

韓 그런 말씀을 드린 적이 없는데요.
中 我沒有說過那種話。

韓 어떻게 해야 해요?
中 應該要怎麼做呢？

韓 수고했어요.(受苦~)

中 辛苦了！(由長輩或長官對晚輩或下屬才能說的客套話)

韓 오늘 바빠요?

中 今天忙嗎？

韓 아니요, 안 바빠요.

中 不，不忙。

韓 일이 많이 있어서 너무 바빠요.

中 因為事情很多，太忙了。

韓 시간이 있으면 꼭 가겠어요.

中 有時間的話，我一定會去。

꼭 一定

韓 내일 바빠서 시간이 없을 것 같네요.

中 因為明天很忙，好像沒空呢！

韓 추석 잘 보내시길 바랍니다.

中 祝您有個美好的中秋節（秋夕）！

韓 설날 때 어떻게 지내세요?

中 新年期間打算如何過呢？

韓 아직 계획이 없어요.

中 還沒有計劃。

韓 안녕히 계십시오!

中 再見、請留步！

※ 亦可使用於寫信或打電話看不到對方時的客套語

08 賀年卡祝賀詞：

韓 지난해 보살펴 주신 厚意에 깊이 感謝드리며 새해를 맞이하여 幸運이 함께 하시기를 祈願합니다.
(지난해 보살펴 주신 후의에 깊이 감사드리며 새해를 맞이하여 행운이 함께 하시기를 기원합니다.)

中 對於去年您的照顧及厚愛，深致謝意。欣逢新年到來，祝福大家幸運相隨。

후의 (厚意) 厚愛，厚意 | 감사 (感謝) 感謝 | 행운 (幸運) 幸運 | 기원 (祈願) 祝福；期望 | 보살피다 照顧；關照；關懷 | 깊이 深深地 | 맞이하다 迎接；等候 | 새해를 맞이하다 迎接新年

韓 希望찬 새아침에 健康과 幸運을 祈願하오며 새해에도 변함없는 聲援을 부탁드립니다. 새해 福많이 받으십시오.
(희망찬 새아침에 건강과 행운을 기원하오며 새해에도 변함없는 성원을 부탁드립니다. 새해 복 많이 받으십시오.)

中 在充滿希望的早晨，祝您健康與幸運。新的一年也拜託您繼續支持。祝您新年快樂！

희망 (希望) 希望 | 건강 (健康) 健康 | 행운 (幸運) 幸運 | 기원 (祈願) 祝福 | 성원 (聲援) 支持，聲援 | 복 (福) 福氣 | 희망차다 充滿希望

09 關於接機：

韓 언제 대만에 도착하십니까?

中 您什麼時候會抵達台灣？

韓 공항에 나가서 픽업해 드릴까요?
中 我去機場接您好嗎?

픽업하다 (pickup~) 接，接(機)

韓 공항 픽업해 드리겠습니다.
中 我會去機場接您。

韓 내일 오전 아홉 시에 공항에서 픽업해 드리겠습니다.
中 我明天早上九點去機場接您。

韓 대만에 도착하시면 제가 공항 픽업해 드리겠습니다.
中 您抵達台灣的時候，我會去機場接您。

10 關於送機：

韓 (당신이 이용하는) 항공편은 몇 시에 이륙합니까?
中 您的班機幾點起飛?

항공편(航空便) 班機，航班　이륙하다(離陸 ~) 起飛

韓 내일 공항에 바래다 드릴까요?
中 明天我送您去機場好嗎?

바래다 送行

韓 내일 공항까지 모셔다 드릴까요?
中 明天我送您去機場好嗎?

11 表達想再次前往韓國拜訪：

韓 기회가 되면 다시 한번 한국에서 찾아뵙고 싶습니다.
中 如果有機會的話，我想去韓國拜訪您。

韓 기회가 되면 다시 한번 한국에 방문하고 싶습니다.
中 如果有機會的話，我想再度訪問韓國。

방문하다 (訪問 ~) 訪問

韓 기회가 되면 다시 한번 한국을 가고 싶습니다.
中 如果有機會的話，我想再去韓國一次。

韓 기회가 되면 다시 한번 한국에 가고 싶습니다.
中 如果有機會的話，我想再去韓國一次。

12 出差旅途中：

韓 동대문까지 가려면 시간이 많이 걸리나요?
中 到東大門要花很久的時間嗎？

韓 한 시간 반 정도 걸릴 거예요.
中 大約要花一個半鐘頭。

韓 아저씨 좀 빨리 가 주실 수 없을까요?
中 先生您可否開快點兒？

韓 저도 빨리 가 주고 싶은데, 지금 길이 막히는 시간이라서 빨리 갈 수가 없네요.
中 我也想快點載你去那兒，但現在是交通顛峰時間，要走得動才行啊。

韓 동대문에 다 왔는데, 어느 쪽으로 가시려고요?

中 東大門到了，請問您要往哪邊走？

韓 저기 네거리에서 직진해 가 주세요.

中 請在那個十字路上一直往前走。

똑바로 一直，直直地 네거리 十字路

韓 저 은행 앞에서 세워 주세요.

中 請在那銀行前面停車。

세우다 停；建立

韓 늦어서 미안합니다.

中 對不起遲到了。

韓 길이 막혀서 늦었습니다.

中 因為塞車，所以遲到了。

길이 막히다 塞車

Unit 5
從事貿易工作須知

海外市場調查
(해외시장조사)

海外市場調查的概念 (해외시장 조사의 개념)

海外市場調查係指在從事進出口業務程序的初步階段中，調查特定商品的銷售與購買的可能性而言。海外市場不同於國內市場，雖然有區域上的隔離性、不同的文化、宗教、慣例和語言等差異上的困難度，但是在和外國進行貿易往來時，為了要把風險降至最低，同時追求最高利潤，必須的先決條件是進行準確可靠的市場調查，這是攸關進出口貿易成敗的重要課題之一。

해외시장 조사는 수출입 절차의 최초의 단계로서 특정 상품에 대한 판매 또는 구매 가능성을 조사하는 것을 말한다. 해외시장은 국내시장과는 달리 지역적인 격리성, 상이한 문화, 종교, 상관습 및 언어 등의 차이로 어려움이 많으나, 외국과 무역거래를 함에 있어서 위험을 최소화하고, 이익을 극대화하기 위해서는 사전에 정확한 시장조사가 필수적인 전제 조건으로 무역업 성패의 중요한 과제 중의 하나가 된다.

海外市場調查是調查買方市場的整個概況 (政治、經濟、社會、文化、歷史、經濟機構、科學技術的水準、氣候和語言等) 後，再針對銷售產品進行流通結構、競爭對象、產品價格策略、交易對象等一系列相關工作的調查。

해외시장 조사는 목적시장의 전반적인 개황 (정치, 경제, 사회, 문화, 역사, 경제기구, 과학기술의 수준, 기후, 언어 등) 을 조사한 다음 취급상품에 대한 유통구조, 경쟁대상, 제품의 가격정책, 거래대상 등을 조사하는 일련의 단계를 거치게 된다.

行銷策略的成功取決於確保正確的資訊。因此，為了讓貿易事業能夠成功順利，首先應將形成特定市場的各種因素，用科學的方法進行調查、分析後，判斷其適當性，根據這些要件擬定該當產品進出口計畫的一連串過程，就是海外市場調查。

마케팅 전략의 성공은 정확한 정보의 확보에 달려 있다. 그러므로 무역업을 성공시키기 위해서는 무엇보다 특정시장을 형성하는 여러가지 요소를 과학적으로 조사, 분석 후 적격성을 판정하는 것이며 이에 따라 해당 품목의 수출 또는 수입 계획을 수립하게 되는 일련의 과정이 해외시장 조사이다.

市場調查的過程（시장조사과정）

★ 釐清問題（문제의 규명）
★ 擬定調查計畫（조사 계획의 수립）
★ 資料分析與說明（자료 분석 및 해석）
★ 調查結果概要與報告（조사 결과의 요약 및 보고）
★ 結論（결론）

出口市場調查的內容（수출시장조사의 내용）

★ 選定交易對象地區（거래 대상 지역의 선정）
★ 該當產品的進出口現況（해당 상품의 수출입현황）
★ 選定產品的需求與展望（취급 상품의 수요 및 전망）
★ 目標產品的流通過程（해당 상품의 유통과정）
★ 需求產品的品種、品質與規格（수요 상품의 품종, 품질 및 규격）
★ 目標市場的進出口價格（해당 지역의 수출입 가격）
★ 競爭對象國（경쟁 대상국）
★ 所得水準與購買力（소득 수준과 구매력）
★ 氣候與地理條件（기후와 지리적 여건）
★ 交通通信（교통 통신）
★ 一般慣例（상관습）
★ 是否有出口管制、外匯情況與關稅等
（수출 규제 여부, 외환 사정 및 관세 등）
★ 對象國家貨幣的穩定性與經濟情況

(대상국 통화의 안전성 및 경기상태)

★ 對象國家的人口、消費者的喜好與生活水準

(대상국의 인구, 소비자 기호 및 생활수준)

調查到目前為止是否有國內其他業者出口同一商品或相同種類的產品，若是有的話，就必須檢討競爭公司的出口價格、出口量與競爭優勢等。

지금까지 동일품 또는 동종품을 우리나라 타업계가 수출하였는 지의 여부, 만일 있다면 경쟁사의 수출가격, 수출량 및 수출경쟁 우위성 등을 검토한다.

進口市場調查的內容 (수입시장 조사의 내용)

★ 目標產品之出口地區與出口量 (해당 상품의 수출 지역 및 수출량)

★ 目標產品之供給量或生產量 (해당 상품의 공급량 또는 생산량)

★ 主要進口地區或國家 (주요 수입 지역 또는 국가)

★ 目標產品的流通過程 (해당 상품의 유통 과정)

★ 供給的品種、品質與價格 (공급의 품종, 품질 및 가격)

★ 目標國家的國內價格 (해당 국가의 국내 가격)

★ 售後服務與宣傳支援等 (After Service, P.R.(홍보) 지원 등)

★ 目標產品之國內市場價格及數量

(해당 상품의 국내시장 가격 및 수량)

★ 進口管制與否 (수입규제 여부)

選定進口產品內容 (수입품 선정 내용)

① 選定進口產品的基準 (수입품 선정 기준)

★ 是否有國際競爭力 (品質、價格) (국제 경쟁력 (품질 , 가격) 여부)

★ 專利品 (특허품)

★ 知名品牌與商標 (유명브랜드 및 상표)

★ 比較同一類型產品在其他生產國家的價格、品質、功能等

(동일 제품의 타생산국과의 가격, 품질, 성능 등의 비교)

★ 檢討國內類似產品的價格、品質、功能等
(국내 유사품과의 가격, 품질, 성능 등의 검토)

② 進口產品選定階段 (수입품 선정단계)

★ 收集各國樣品 (국별 견품 입수) ✽견품 = 견본 = 샘플

★ 檢討產品的價格、品質等交易條件
(제품의 가격, 품질 등 거래 조건 검토)

★ 產品分析 (제품 분석)

★ 進口清單 (check list) (수입 check list)

1. 檢討是否滿足使用者的需求 (사용자 욕구 충족 여부 검토)
2. 預期銷售量 (판매 가능량)
3. 賣點 (sales point) (세일즈 포인트)
4. 進口成本計算 + 利潤是 ? (수입 원가 계산 + 이익은 ?)
5. 適當利潤的發生時機 (적당 이윤 발생시기)
6. 投資額 (투자액)
7. 是否需要特殊零件 (특수 부품이 필요한가 ?)
8. 專利問題 (특허 문제)
9. 是否有類似產品 ? 價格比較
   (유사품은 있는가 ? 그 가격과의 비교)
10. 產品的壽命 (제품의 수명)
11. 銷售對象 (시장 대상은 ?)
12. 企業形象 (기업 이미지는 ?)
13. 進入市場時機是否適宜 (시간적으로 실시 가능한지 ?)
14. 失敗時預估損失為 ? (실패의 경우 손실은 ?)

市場調查的方法 (시장 조사의 방법)

★ 利用各國進出口統計資料 (국별 수출입 통계자료 이용)

★ 利用國內外經濟團體與相關單位資料
(국내외 경제단체 및 관련 기관의 자료 이용)

★ 利用駐外各單位資料（재외공관의 자료 이용）
★ 透過網路搜尋的方法（인터넷을 통한 방법）
★ 直接拜訪與開發客戶（직접 거래처의 방문 및 발굴）

客戶的開發與管理
(거래선의 발굴및 관리)

客戶的開發(거래선의 발굴)

① 進出口往來客戶的重要性(수출 · 입거래선의 중요성)

若找到一個好的客戶，就算是交易已經成功了一半。對於追求利潤的企業來說，客戶是第一個必要條件，因為它會左右公司的命運。

좋은 거래선을 발굴했다면 거래의 반은 성공한 셈이 된다. 영리를 추구하는 기업의 경우, 거래선이 확보가 제 1 의 필수조건으로써, 거래선에 따라 회사의 운명이 좌우된다.

② 挑選客戶的方法(거래선의 선정방법)

★ 自行印製宣傳單（目錄等）的方法(자체 홍보물의 이용방법)
印製海外宣傳單或目錄等發送至駐外單位或貿易協會來開發客戶。

(해외배포용 Catalog 나 Leaflet 를 제작하여 재외공관이나 KOTRA 에 송부하여 거래선을 발굴한다.)

★ 利用海外發行用宣傳媒體廣告的方法
(해외 배포용 매체 광고의 이용 방법)
利用國內經濟團體所發行的自費或免費海外宣傳媒體開發客戶。
(국내 경제단체에서 발간되는 유료·무료 해외 홍보매체를 이용하여 거래선을 발굴한다.)

★ 利用駐外單位資料(재외공관의 자료 이용)
根據貿易導覽書上的資料開發客戶。
(Trade Directory 에 의한 거래처 선정)

★ 從來訪的外商中挑選(방문한 외국 상공업체 중에서 선정)

★ 透過海外原有客戶的介紹(해외 기존거래처를 통한 소개)

★ 參加各種使節團與展示會（각종 사절단 및 전시회 참가）
★ 透過網路的方法（인터넷을 통한 방법）
★ 透過出差的方法（출장에 의한 방법）

上述方法中，若不考量經費問題時，直接拜訪目標國家開發客戶是最佳的方法。初次拜訪目標國家時，最好入住一流的高級飯店，從飯店房間內所提供的貿易業總攬黃色電話簿中，先篩選擬開發的客戶後，打電話約好時間再拜訪客戶。但是中東或非洲等地區，就應該直接拜訪目標產品的商家，開發客戶。

상기 방법 중 경비 문제를 감안하지 않는다면 직접 해당국 방문이 거래선 발굴에 가장 좋은 방법이다. 해당국을 처음 방문할 때는 가급적 일류호텔에 투숙하여, 호텔룸에 있는 Yellow Page 라는 무역업체총람을 근거로 거래선을 발췌한 후 전화로 시간 약속을 받고 방문하는 방법이 좋겠다. 그러나 중동이나 아프리카지역 등은 해당 제품의 상가나 업체를 직접 방문하여 거래선을 발굴해야 한다.

③ 拜訪客戶時的注意事項（거래선 방문시 유의사항）

★ 服裝要端莊且面帶笑容。
（복장은 단정해야 하고 밝은 표정을 짓도록 한다.）
★ 拜訪客戶時最好事先約好時間再拜訪較妥當。
（방문 시에는 사전 약속을 하고 방문하는 것이 바람직하다.）
★ 嚴守拜訪時間（약속 시간은 엄격히 지켜야 한다.）
★ 妥善保管對方名片（상대방의 명함은 정중히 다룬다.）
★ 準備拜訪時的見面禮（방문 시 가벼운 선물을 준비한다.）
★ 洽談時應保有自信（상담 시 자신감을 가지고 임해야 한다.）
★ 洽談時要具備有決定權(의사 결정권을 갖고 상담에 임한다.)
★ 洽談結束時再確認協商內容
（상담이 끝나면 협의 내용을 재확인한다.）
★ 必須適應對方的習俗，積極應對接待。
（상대방 관습에 적응해야 하며 초대에는 적극적으로 응한다.）

客戶的管理 (거래선의 관리)

★ 重要性 (중요성)

有效管理客戶比開發新進出口商更為容易，它是維持一定規模銷售量的主軸，亦是設定管理指導方針的基礎。

거래선의 효율적 관리는 신규 수출입선의 발굴보다 용이하고, 일정 규모 판매 유지의 주체로서 경영 지침 설정의 기본이 된다.

★ 方向 (방향)

應在有限條件下提供客戶最大利益，以便維持長期往來關係。

주어진 여건 내에서 거래선에도 최대한 이익을 부여함으로써 거래의 장기화를 유도해야 한다.

★ 方法 (방법)

1. 將客戶資料卡片化 (거래선의 카드화) :

   公司明細、人事背景、信用狀況、銷售策略、交易現況、技術指導、 訪問、市場資訊、求償等。

   회사내역, 인적사항, 신용상태, 판매정책, 거래현황, 기술지도, 방문, 시장정보, 클레임 등.

2. 交易管理 (거래 관리)

   實際需求者對產品的反應 (실수요자의 제품에 대한 반응)

   交換各種市場資訊 (각종 시장정보의 교환)

   售後服務 (애프터서비스)

   宣傳 (P.R.)

   教育關係 (교육관계)

   月別、年度別 銷售及預期購買等

   (월별, 연도별 판매 및 예상 구매 등)

3. 人事管理 (인적관리)

   往來客戶的人事資料 (거래선의 인적사항)

   問候連絡 (안부 연락)

   招待家人 (가족초대)

   禮物等 (선물 등)

將上述的客戶資料建檔卡片化，可以有效管理客戶，若遇到承辦人離職時，也不會有銜接不上的困擾。另外，客戶管理需分為交易管理與人事資料管理兩部分。這樣的管理方法的先決條件是將客戶建檔卡片化，主要記載內容包括：往來公司背景、人事資料、信用狀況、銷售策略、往來狀況、技術指導、訪問內容、市場資訊、求償等詳細資料，公司內部必須保持記錄，並檢討往來內容，以提升服務與實質利益的品質。

이상과 같은 거래선을 카드화하면 거래선 관리를 효율적으로 할 수 있으며, 담당자가 이직을 하더라도 거래가 무리없이 이루어진다. 한편, 거래선 관리는 거래관리와 인적관리로 구분한다. 이와 같은 관리 방법은 거래선의 카드화가 선행되어야 하며 주요 기재내용은 상대 회사의 내역, 인적사항, 신용상태, 판매정책, 거래현황, 기술지도, 방문내역, 시장정보, 클레임 등 상세한 사항의 기록 유지 및 거래 내역의 점검 등 서비스 및 실질 이익의 질을 향상시킬 수 있도록 한다.

管理客戶資料時，若為出口商的情形，必須維持適當的價格及穩定的品質，並且準時出貨，同時也應提供售後服務，細心照顧客戶。

거래선 관리 시, 수출의 경우 적정한 가격 및 일정한 품질을 유지해 주어야 하고, 운송도 적기에 해주며, 애프터서비스에도 세심한 배려를 해준다.

客戶為進口商時，應定期提供產品消費者的反應與競爭公司的銷售策略等各項資訊。

수입의 경우 제품에 대한 실수요자의 반응 및 경쟁회사의 판매정책 등 제반정보를 주기적으로 제공해 준다.

另外，也要擬定長期銷售策略，為了達成銷售目標，必要時可求助於供應商，同時定期按月及年度別提供銷售目標，以取得供應商的信賴。

또한 장기적인 판매전략도 세워 이를 달성하는 데 필요하다면 공급선에 대해 협조도 구하며, 월별, 연도별 판매목표도 통보해 주면 공급선으로부터 신뢰를 받게 된다.

※ 以上韓文資料參考（2002）孫泰斌著新貿易實務

附 錄

01 貿易常用英文縮略語

簡 A.R. 英 All Risk	韓 전위험담보 中 一切險
簡 A/N 英 Arrival Notice	韓 화물 도착 통지서 中 到貨通知
簡 B/L 英 Bill of Lading	韓 선하증권 中 提單
簡 BAF 英 Bunker Adjustment Factor	韓 유류 할증료 中 燃油附加費
簡 BUC 英 Bunker Charge	韓 유류 할증료 中 燃油附加費
簡 C/A 英 Correction Advice	韓 정정 조언 中 更改意見
簡 C/I 英 Commercial Invoice	韓 상업 송장 中 商業發票
簡 C/M 英 Correction Memo	韓 정정 메모 中 更改記錄
簡 C/N 英 Correction Notice	韓 정정 통보 中 更改通知
簡 C/O 英 Certificate of Origin	韓 원산지증명서 中 產地證明書
簡 C/T 英 Container Tax	韓 컨테이너 지역개발세 中 貨櫃費用；容器稅
簡 CAF 英 Currency Adjustment Factor	韓 통화 할증료 中 貨幣匯率附加費

簡 **C&F** 英 **Cost & Freight**	韓 운임 포함 조건 中 成本加海運費 (包運價格)
簡 **CBM** 英 **Cubic Meter**	韓 입방 미터 中 立方米
簡 **CCF** 英 **Customs Clearance Fee**	韓 통관비 中 報關費
簡 **CFR** 英 **Cost & Freight (C&F)**	韓 운임 포함 조건 中 成本加運費
簡 **CFS** 英 **Container Freight Statio**	韓 컨테이너 작업장 中 貨櫃貨物集中地 (散貨倉庫)
簡 **CFT** 英 **Cubic Feet**	韓 큐빅 피트 中 立方英尺
簡 **CIF** 英 **Cost, Insurance & Freight**	韓 운임 , 보험료 포함 조건 中 成本 ; 含保險加海運費 (到岸價)
簡 **CLP** 英 **Container Load Plan**	韓 컨테이너 작업 명세 中 貨櫃內裝明細
簡 **CNTR** 英 **Container**	韓 컨테이너 中 貨櫃
簡 **CY** 英 **Container Yard**	韓 컨테이너 야적장 中 貨櫃堆場(整櫃交貨)(起點/終點)
簡 **C.O.D** 英 **Cash on Delivery**	韓 현금결제 (대금인환지급) 中 交貨付款
簡 **D/A** 英 **Documents Against Acceptance**	韓 환어음 인수도조건 中 承總交單

簡/英	韓/中
簡 **D/F** 英 **Document Fee**	韓 서류 (B/L) 발행비 中 文件費用
簡 **D/O** 英 **Delivery Order**	韓 화물인도 지시서 中 提貨單
簡 **D/O CHG** 英 **D/O Charge**	韓 D/O 발행 비용 中 換單費
簡 **DOC** 英 **Destination Delivery Charge**	韓 목적지 인도 비용 中 目的地提貨費
簡 **DDP** 英 **Delivery Duty Paid**	韓 관세 지급 인도 조건 中 完稅交貨
簡 **DDU** 英 **Delivery Duty Unpaid**	韓 관세 미지급 인도 조건 中 未完稅交貨
簡 **D/P** 英 **Documents Against Payment**	韓 환어음 지불도조건 中 付款交單
簡 **E/D** 英 **Expiry Date**	韓 신용장 유효일 中 信用狀有效期
簡 **E/L** 英 **Export Licence**	韓 수출허가 승인서 中 出口許可證
簡 **E/P** 英 **Export Permit**	韓 수출 면장 中 出口報關單
簡 **ETA** 英 **Estimated Time of Arrival**	韓 입항 예정일 中 預計到港日期
簡 **ETD** 英 **Estimated Time of Departure**	韓 출항 예정일 中 預計離港日期
簡 **EXW** 英 **Ex Works**	韓 공장 인도 조건 中 工廠交貨

簡 **FCL** 英 **Full Container Load**	韓 컨테이너 화물 中 整箱貨
簡 **FEU** 英 **Forty-Feet Equipment Unit**	韓 40' 컨테이너 中 40 尺貨櫃 (集裝箱) 大箱
簡 **F/L** 英 **Freight List**	韓 운임목록 中 運價表
簡 **FOB** 英 **Free on Board**	韓 본선 인도 조건 中 離岸價格
簡 **FAK** 英 **Freight from All Kinds**	韓 품목차별 없는 운임 中 不區別貨類的運費
簡 **FAS** 英 **Free Alongside Ship**	韓 선측인도조건 中 裝運港船邊交貨
簡 **FMC** 英 **Federal Maritime Commission**	韓 미연방해사위원회 中 美國聯邦海事委員會
簡 **F.P.A.** 英 **Free from Particular Average**	韓 단독해손부담보 中 平安險
簡 **GRI** 英 **General Rate Increase**	韓 기본 운임 인상 中 基本運費調漲
簡 **HBL** 英 **House B/L**	韓 포워더가 발행하는 B/L 中 貨代提單；分單
簡 **I/L** 英 **Import Licence**	韓 수입허가 승인서 中 進口許可證
簡 **I/P** 英 **Import Permit**	韓 수입 면장 中 進口報關單
簡 **L/C** 英 **Letter of Credit**	韓 신용장 中 信用狀

簡 L/G 英 Letter of Guarantee	韓 화물선취 보증서 中 銀行擔保書
簡 L/I 英 Letter of Indemnity	韓 화물 보상장 中 貨物補償單
簡 LCL 英 Less Than Container Load	韓 컨테이너 소량화물 中 併櫃貨
簡 M/R 英 Mate's Receipt	韓 본선 수취증 中 船單
簡 M/V 英 Mother Vessel	韓 모선 中 主船
簡 MBL 英 Master B/L	韓 선사가 발행하는 B/L 中 船公司提單，主單
簡 NVOCC 英 Non Vessel Operating Common Carrier	韓 무선박운항업자 中 無船承運人
簡 O/F 英 Ocean Freight	韓 해상 운임 中 海運費
簡 OBL 英 Original Bill of Lading	韓 선하증권 원본 中 原本提單
簡 P/L 英 Packing List	韓 포장 명세서 中 裝箱明細單
簡 PSS 英 Peak Season Surcharge	韓 성수기 할증료 中 旺季附加費
簡 R/T 英 Revenue Tonnage	韓 운임 정산톤 中 收支噸位
簡 S/C 英 Service Contract	韓 하주우대계약 中 服務合同

簡 **S/D** 英 **Shipping Date**	韓 선적일 中 裝船有效期
簡 **S/R** 英 **Shipping Request**	韓 선적 요청서 中 裝船請求書
簡 **T/C** **Trucking Charge**	韓 트럭 운송료 中 拖車費
簡 **T/C** 英 **Tally Charge**	韓 계수 비용 中 理貨費
簡 **T/T** 英 **Telegram Transit**	韓 전신환 中 電匯
簡 **T/T** 英 **Transit Time**	韓 운항소요시간 中 航程
簡 **TEU** 英 **Twenty-Feet Equipment Unit**	韓 20' 컨테이너 中 20 尺貨櫃
簡 **THC** 英 **Terminal Handling Charge**	韓 항내 조작 비용 中 貨櫃碼頭操作費
簡 **W/F** 英 **Wharf age**	韓 부두 사용료 中 碼頭費用

02 韓國企業職稱的介紹

企業職稱

韓 회사 (會社)
中 公司

韓 그룹 (group)
中 集團，財團

韓 회장 (會長)
中 會長，總裁，董事長

韓 이사장 (= 대표이사)
中 理事長＝董事長

韓 이사
中 理事＝董事

韓 사장
中 社長＝總經理

韓 이사회
中 理事會

韓 상무
中 常務

韓 전무 (專務)
中 相當於協理的地位

韓 지사장 (支社長)
中 分公司總經理

韓 지사 (支社)
中 分公司

韓 본사 (本社)
中 總行，總公司

韓 본부장
中 本部長 (總公司執行長)

韓 과장
中 科長，課長

韓 대리 (代理)
中 (資深) 專員

韓 실장
中 室長

韓 기획실
中 企劃室

韓 팀장〈팀 team〉
中 組長

韓 지배인 (支配人)
中 執行長

韓 대표 (代表)
中 或稱 대표이사 負責人

韓 비서
中 秘書

韓 경리
中 經理 (但此為中國式的講法)

교육부장관〈教育部長官〉
教育部部長

차관 (次官)
次長

차관보 (次官補)
相當於部長的機要 (秘書)

직책 (職責)
職稱

직위 (職位)
職位

일반직원 (一般職員)
一般員工

신입사원 (新入社員)
新進員工

작업원 (作業員)
作業員

종업원 (從業員)
從業員

담단 (擔當)
擔當

담단자 (擔當者)
承辦人

책임자 (責任者)
負責人，承辦人

조리 (助理)
助理

업무부【唸音：엄무부】
業務部

부서 (部署)
部門

부문 (部門)
部門

職稱 + 님〈任〉(稱呼，表示尊敬。)

韓 선생님
中 老師

韓 의사 선생님
中 醫師

韓 기사님
中 機師；司機；技士

韓 회장님
中 會長，總裁，董事長

韓 이사장님
中 理事長＝董事長

韓 이사님
中 理事＝董事

韓 사장님
中 社長＝總經理

韓 반장님
中 班長

03 數量名詞的用法

名詞	量詞	例 (1~5)
옷 (衣服) 종이 (紙)	장 (張、件)	한 장 , 두 장 , 세 장 , 네 장 , 다섯 장 ※ 석 장 (三張), 넉 장 (四張)
담배 (香菸)	갑 (包) 보루 (條) 개비 (根)	한 갑 (보루 , 개비) 두 갑 (보루 , 개비) 세 갑 (보루 , 개비) 네 갑 (보루 , 개비) 다섯 갑 (보루 , 개비)
소 (牛)，말 (馬) 개 (狗)，닭 (雞) 고양이 (貓) 생선 (魚類)	마리 (匹、頭、隻、尾)	한 마리 , 두 마리 , 세 마리 , 네 마리 , 다섯 마리
책 (書) 잡지 (雜誌) 공책 (筆記本)	권 (卷 、本 、冊)	한 권 , 두 권 , 세 권 , 네 권 , 다섯 권
시 (詩) 영화 (電影) 소설 (小說)	편 (篇)	한 편 , 두 편 , 세 편 , 네 편 , 다섯 편
드라마 (戲劇)	회 (回 、集) 부 (部)	일 회 (부), 이 회 (부), 삼 회 (부), 사 회 (부), 오 회 (부)
자동차 (汽車) 냉장고 (冰箱) 에어콘 (冷氣) TV(電視)	대 (輛 、台)	한 대 , 두 대 , 세 대 , 네 대 , 다섯 대
차 (茶) 커피 (咖啡) 쥬스 (果汁)	잔 (杯)	한 잔 , 두 잔 , 세 잔 , 네 잔 , 다섯 잔

名詞	量詞	例 (1~5)
신발 (鞋子) 양말 (襪子)	켤레 (雙)	한 켤레 , 두 켤레 , 세 켤레 , 네 켤레 , 다섯 켤레
우표 (郵票) 티켓 (票)	장 , 매 , 개 (張、枚、個)	한 장 (매 , 개), 두 장 (매 , 개), 세 장 (매 , 개), 네 장 (매 , 개), 다섯 장 (매 , 개) ※ 석장 (三張), 넉 장 (四張)
배 (船)	척 (艘)	한 척 , 두척 , 세 척 , 네 척
음료수 (飲料) 주류 (酒類)	병 , 캔 (瓶)	한 병 , 두 병 , 세 병 , 네 병 , 다섯 병
		한 캔 , 두 캔 , 세 캔 , 네 캔 , 다섯 캔
알약 (藥丸) 쌀 (米)	알 (顆、粒)	한 알 , 두 알 , 세 알 , 네 알 , 다섯 알
건물 (建築物) 집 (家)	채 (棟) 층 (層、樓)	한 채 , 두 채 , 세 채 , 네 채 , 다섯 채
		일층 , 이층 , 삼층 , 사층 , 오층
연필 (鉛筆) 볼펜 (原子筆)	자루 (枝、支)	한 자루 , 두 자루 , 세 자루 , 네 자루 , 다섯 자루
음식 (食物)	인분 (人份)	일인분 , 이인분 , 삼인분 , 사인분 , 오인분
고기 (肉) 떡 (糕餅)	덩어리 (塊)	한 덩어리 , 두 덩어리 , 세 덩어리 , 네 덩어리 , 다섯 덩어리
노래 (歌) 가곡 (歌曲)	곡 (曲、首)	한 곡 , 두 곡 , 세 곡 , 네 곡 , 다섯 곡

<table>
<tr><th>名詞</th><th>量詞</th><th>例 (1~5)</th></tr>
<tr><td>물통 (水桶)
쓰레기통 (垃圾桶)</td><td>통 (桶)</td><td>한 통 , 두 통 , 세 통 , 네 통 ,
다섯 통</td></tr>
<tr><td>실 (絲、線)
머리카락 (頭髮)</td><td>올 (條、絲)</td><td>한 올 , 두 올 , 세 올 , 네 올 ,
다섯 올</td></tr>
<tr><td>케익 (蛋糕)
빵 (麵包)</td><td>쪽 (片、塊、頁)</td><td>한 쪽 , 두 쪽 , 세 쪽 , 네 쪽 ,
다섯 쪽</td></tr>
<tr><td>꽃 (花)</td><td>다발 (束)
송이 (朵)</td><td>한 다발 (송이), 두 다발 (송이),
세 다발 (송이), 네 다발 (송이),
다섯 다발 (송이)</td></tr>
<tr><td rowspan="2">달 (月)</td><td rowspan="2">개월 (個月)
달 (個月)</td><td>일 개월 , 이 개월 , 삼 개월 ,
사 개월 , 오 개월</td></tr>
<tr><td>한 달 , 두 달 , 세 달 (석 달),
네 달 (넉 달), 다섯 달</td></tr>
<tr><td>밥 (飯)</td><td>그릇 , 공기 (碗)</td><td>한 그릇 (공기), 두 그릇 (공기),
세 그릇 (공기), 네 그릇 (공기),
다섯 그릇 (공기)</td></tr>
</table>

04 漢字音數字

일	이	삼	사	오	육 (륙)
一	二	三	四	五	六
칠	팔	구	십	백	천
七	八	九	十	百	千
만	십만	백만	천만	억	조
萬	十萬	百萬	千萬	億	兆

05 純韓文數字

하나	둘	셋	넷	다섯	여섯
一	二	三	四	五	六
일곱	여덟	아홉	열	스물	서른
七	八	九	十	二十	三十
마흔	쉰	예순	일흔	여든	아흔
四十	五十	六十	七十	八十	九十

첫째	둘째	셋째	넷째	다섯째	여섯째
第一	第二	第三	第四	第五	第六
일곱째	여덟째	아홉째	열째	열 한째	스무 번째
第七	第八	第九	第十	第十一	第二十
스물 한번째					
第二十一					

06 量詞

수량명사 數量名詞	**명** 名、位、人	**사람** 人	**마리** 匹、隻
권 冊、本、卷	**그릇** 碗	**잔** 杯	**가지** 種
자루 枝	**건** 件	**관** 貫 (3.75kg)	**그루** 株、棵
끼 餐、頓	**남비** 鍋	**낱** 粒	**단** 捆、把
대 台、輛	**더미** 堆	**덩어리** 塊	**떼** 群
라운드 回合	**막** 幕	**말** 斗	**면** 頁、面
모 方、塊	**모금** 口	**바가지** 瓢	**바구니** 籃
바퀴 圈	**발** 發	**방울** 滴	**벌** 套、件
봉지 包	**상자** 箱	**세트** 套、组	**송이** 朵
솥 鍋	**원** 元、圓	**입** 口	**점** 分、點、件
조각 片、小塊	**주머니** 袋	**줄** 條、列、串	**줌** 撮、把
집 家、戶	**짝** 隻、單隻、對	**채** 幢、家	**척** 艘

층 層	**칸** 間	**켤레** 雙	**타** 打
토막 片、塊	**통** 通、封、桶	**판** 盤、版、局、場	**페이지** 頁
편 篇、集	**평** 坪	**포기** 棵	**폭** 幅
연인원 人次	**연일수** 總日數、工作天	**위안** 人民幣	**달러** 美元
엔 日幣	**유로** 歐元	**파운드** 英鎊	

位置

위치 位置	**위** 上	**아래** 下	**밑** 下、底
앞 前	**뒤** 後	**옆** 旁	**오른쪽 (= 우측)** 右邊
우회전 右轉	**왼쪽 (= 좌측)** 左邊	**좌회전** 左轉	**안** 內、裡
속 內、裡	**밖** 外	**겉** 表面、外	**가운데** 中間

08 季節

봄 春	**여름** 夏	**가을** 秋	**겨울** 冬

09 月份

일월 一月	이월 二月	삼월 三月	사월 四月
오월 五月	유월 六月	칠월 七月	팔월 八月
구월 九月	시월 十月	십일월 十一月	십이월 十二月

10 星期

일요일 (日曜日) 星期日	월요일 (月曜日) 星期一	화요일 (火曜日) 星期二
수요일 (水曜日) 星期三	목요일 (木曜日) 星期四	금요일 (金曜日) 星期五
토요일 (土曜日) 星期六		

11 時間

년 , 해 年	월 , 달 月	일 , 날 日	시 時	분 分	초 秒

그그저께 大前天	그저께 前天	어제 昨天
오늘 今天	내일 明天	모레 後天
글피 大後天	이주일 전 兩個禮拜前	지난 주 上週
이번 주 這週	다음 주 下週	다음 다음 주 下下週
지지난 달 上上個月	지난 달 上個月	이번 달 這個月
다음 달 下個月	다음다음 달 下下個月	초순 初旬
상순 上旬	중순 中旬	하순 下旬
재작년 前年	작년 去年	금년（올해） 今年
내년 明年	후년 後年	전년 前一年
지난 해 去年	다음 해（이듬 해） 翌年	십년 전 十年前
백년 후 百年後	연초（연두，연시） 年初	연말 年尾，年底

새해 新年	신정（양력 설） 陽曆年	구정（음력 설） 陰曆年

설，설날 過年	**원단** 元旦	**정월** 正月
섣달 臘月		

하루 一天	**이틀** 兩天	**사흘** 三天
나흘 四天	**닷새** 五天	**엿새** 六天
이레 七天	**여드레** 八天	**아흐레** 九天
열흘 十天	**열 하루** 十一天	**스무날** 二十天
스무 하루 二十一天	**한날절，반날** 半天	

새벽 凌晨	**아침** 早上	**오전** 午前，上午
정오 正午，中午	**오후** 下午	**황혼** 黃昏
저녁 傍晚	**밤** 晚上，夜晚	**깊은 밤，심야** 深夜
자정 子時，午夜	**야간** 夜間	**낮** 白天
밤낮 日夜，晝夜		

12 韓・英・中 經貿詞彙

韓	英 / 中
韓 가격	英 price 中 價格、價錢
韓 가격인상	英 a markup, price increase 中 漲價
韓 가격인하	英 reduction of price 中 降價
韓 가격표	英 price list 中 價格表
韓 가격 조회	英 check price 中 詢價
韓 가격 조회서	英 inquiry 中 詢價單
韓 가격할인 (價格割引)	英 discount off the price 中 打折
韓 가격협상	英 price bargaining 中 討價還價
韓 가격협정	英 agreement on price 中 價格協定 (商)
韓 가공무역	英 processing trade 中 加工貿易

ㄱ ㄴ ㄷ ㄹ ㅁ ㅂ ㅅ ㅇ ㅈ ㅊ ㅋ ㅌ ㅍ ㅎ

韓	英 / 中
韓 가공비	英 processing cost 中 加工費
韓 가공산업	英 the processing industry 中 加工業
韓 가내공업	英 for home industry 中 家庭代工
韓 가전제품	英 home appliances 中 家電產品
韓 가정	英 assumption 中 假定
韓 가정용	英 for home use 中 家庭用
韓 가치	英 value 中 價值
韓 각서 (覺書)	英 note, memorandum 中 備忘錄
韓 각종 구색 (具色)	英 supplied with various types of 中 齊全
韓 간접비	英 overhead, indirect cost 中 間接費用
韓 간접세	英 indirect tax 中 間接稅
韓 감가	英 reduction, reduce the price 中 減價

韓	英 / 中
韓 감가상각 (減價償卻)	英 depreciation 中 折舊；跌價；貶值
韓 감량경영	英 retrenchment of management 中 減量經營，縮小管理(經營)
韓 감(면)세	英 tax reduction, abatement of tax 中 減(免)稅
韓 감정보고서	英 survey report 中 檢驗報告
韓 감정인	英 appraiser, surveyor 中 鑑定人
韓 개런티	英 guarantee 中 保證；保證金；擔保人
韓 개설하다	英 open, set up, establish 中 開立
韓 개설의뢰인	英 applicant 中 開戶申請人
韓 개설신청인	英 applicant 中 開戶申請人
韓 개설은행 (開設銀行)	英 openingbank 中 開戶銀行
韓 개인소득	英 individual income 中 個人所得
韓 거래	英 deal 中 買賣，交易

韓	英 / 中
韓 거래 (액)	英 turnover 中 買賣；交易額
韓 거래량	英 volume of trade 中 交易量
韓 거래은행	英 correspondent bank 中 往來銀行
韓 거래조건	英 terms and conditions; trade terms 中 交易條件
韓 거래처 (去來處)	英 customer, client, account 中 往來客戶
韓 거부 (拒否)	英 refusal, rejection 中 否定，拒絕，推卸
韓 거액 (巨額)	英 large amount of money 中 大宗 (交易)
韓 건	英 case 中 件
韓 건성화물 운반선	英 dry cargo ship 中 乾貨船
韓 건조한 곳에 보관	英 Keep Dry 中 勿放濕處
韓 검사	英 examination, inspection 中 檢查，檢驗
韓 검사증명서	英 inspection certificate 中 商檢證書，檢驗證明

韓	英 / 中
韓 검사보고서	英 inspection report 中 鑑定報告
韓 검색엔진	英 search engine 中 搜尋引擎
韓 검역	英 quarantine 中 檢疫
韓 검역	英 inspection 中 檢驗
韓 검정	英 examination, testing 中 檢定
韓 검정인	英 surveyor 中 檢定人
韓 검토	英 review, study 中 檢討
韓 겉모양	英 appearance 中 外貌，外觀
韓 겉포장	英 packaging 中 外包裝
韓 게재 (揭載)	英 publication 中 刊登
韓 견본 (見本)	英 sample 中 樣品
韓 견본매매	英 sale by sample 中 憑樣本買賣

韓	英 / 中
韓 견본시 (見本市)	英 sample[trade] fair 中 商展
韓 견본에 의한 주문	英 sample ordering 中 來樣訂貨
韓 견본추출 (무작위)	英 random sampling 中 隨機抽樣
韓 견적 (見積)	英 estimate for, quotation 中 報價
韓 견적가격 (見積價格)	英 estimated value, valuation 中 估價；報價
韓 견적서 (見積書)	英 quotation 中 報價單
韓 견적송장 (見積送狀)	英 Pro-forma Invoice 中 形式發票，估價發票
韓 견적액	英 estimated amount 中 預估額
韓 견적 의뢰 (見積 依賴)	英 quotation for 中 詢價
韓 견해	英 point of view, opinion 中 見解
韓 결과	英 result 中 結果
韓 결근	英 absence 中 缺勤

韓	英 / 中
韓 결론	英 conclusion 中 結論；結局
韓 결산	英 to balance, to close an account 中 結算；結帳；對帳
韓 결산보고 (決算報告)	英 the final accounts reported 中 結算單；對帳單
韓 결산보고 (決算報告)	英 settlement report 中 決算報告
韓 결손 (缺損)	英 loss, deficit 中 缺損，虧損
韓 결여	英 lack 中 欠缺，缺乏
韓 결원	英 vacancy 中 餘額，空缺
韓 결의	英 resolution 中 決議
韓 결점	英 defect, fault 中 缺點
韓 결정	英 decision 中 決定
韓 결재 (決裁)	英 approval, authorize 中 批准，拍板，裁決
韓 결제 (決濟)	英 payment 中 清算，結算，清償

韓	英 / 中
韓 결제능력 （決濟 能力）	英 debt-paying ability 中 償還能力
韓 결제방식 （決濟方式）	英 payment plan 中 付款方式；清償方式
韓 결함 （缺陷）	英 flaw, fault, defect 中 缺陷
韓 경공업	英 light industry 中 輕工業
韓 경락 （競落）	英 sold 中 拍賣成交
韓 경락물 （競落物）	英 auction target 中 拍賣成交物，拍賣標的
韓 경락인 （競落人）	英 buyer 中（拍賣成交的）買方
韓 경매 （競賣）	英 auction 中 拍賣
韓 경비 （經費）	英 expense 中 經費
韓 경상 수지 （經常收支）	英 current-account 中 經常收支
韓 경영자 （經營者）	英 manager 中 經營者
韓 경업 （競業）	英 business competition 中 營業競爭

韓	英 / 中
韓 경업금지 (競業禁止)	英 prohibition of competitive business 中 禁止營業競爭
韓 경영	英 management, administration 中 經營；管理
韓 경영 분석 (經營分析)	英 business analysis 中 經營分析
韓 경영 전략 (經營戰略)	英 business strategy 中 經營策略
韓 경영 합리화 (經營合理化)	英 management rationalization 中 經營合理化
韓 경합자	英 competitor, rival 中 競爭者
韓 계산 (計算)	英 calculation, reckoning 中 計算
韓 계산 잘못	英 reckoning mistake 中 計算錯誤
韓 계산서 (計算書)	英 check, bill 中 帳單
韓 계수 비용	英 Tally Charge(T/C) 中 理貨費
韓 계약	英 contract 中 契約，合約，合同
韓 계약가격 (契約價格)	英 the contract price 中 合約價

韓	英 / 中
韓 계약번호 (契約番號)	英 contract number 中 合約編號
韓 계약서 (契約書)	英 contract 中 合同，合約
韓 계열회사 (系列會社)	英 the affiliates 中 關係企業
韓 계절 (季節)	英 season 中 季節
韓 계정 (計定)	英 account 中 計定；帳目；往來帳
韓 계정서 (計定書)	英 s/a (statement of account) 中 計定書
韓 계좌	英 account 中 帳戶
韓 계좌번호	英 contract(account) number 中 帳號
韓 고객	英 customer, guest, client 中 顧客
韓 고용 (雇用)	英 employment 中 雇用
韓 공동융자 (共同融資)	英 cofinance 中 共同籌資，合股人
韓 공동출자자 (共同出資者)	英 tacit partner 中 合股人，合夥人

韓	英 / 中
韓 공업제품 (工業製品)	英 Industrial goods 中 工業產品
韓 공장	英 factory 中 工廠
韓 공장도 가격 (工場渡價格)	英 factory price 中 工廠交貨價，出廠價
韓 공장 인도 조건	英 Ex Works(EXW) 中 工廠交貨
韓 공장폐기물	英 industrial waste 中 工廠廢棄物
韓 과세	英 taxation 中 課稅，徵稅
韓 과소평가 (過小評價)	英 underestimate, undevalue 中 評價過低
韓 관리자	英 manager 中 管理者
韓 관세	英 duty, tariff 中 關稅
韓 관세율 (關稅率)	英 custom tariff 中 關稅率
韓 관세 지급 인도 조건	英 Delivery Duty Paid (DDP) 中 完稅交貨
韓 관세 미지급 인도 조건	英 Delivery Duty Unpaid (DDU) 中 未完稅交貨

韓	英 / 中
韓 구입 (購入)	英 purchase 中 購入
韓 급료 (給料)	英 pay 中 工錢，薪水，佣金
韓 급료일	英 pay day 中 發薪日
韓 급상승 (急上升)	英 sudden increase, zoom up 中 急漲
韓 급증 (急增)	英 sudden increase 中 急增
韓 기본급 (基本給)	英 base pay 中 基本工資，本俸
韓 기본 운임 인상	英 General Rate Increase(GRI) 中 基本費用加價
韓 기일대로	英 according to schedule 中 按期
韓 기계	英 machine 中 機械
韓 기계류	英 machinery 中 機械類
韓 기관장	英 head of an organization 中 機關長
韓 기기	英 equipment 中 機器

韓	英 / 中
韓 기능	英 function 中 功能
韓 기입	英 recording, entry 中 記入；載入
韓 기조	英 keynote, basis 中 基調
韓 기존	英 existing 中 現有，現存
韓 기준	英 standard 中 基準
韓 기초	英 basics, base 中 基礎
韓 기회	英 chance, opportunity 中 機會
韓 기획	英 plan, project 中 計畫，企劃
韓 기획안 (서)	英 project proposal 中 企劃案 (書)
韓 긴급관세	英 emergency duties 中 緊急關稅
韓 견본품 (見本品)	英 sample 中 樣品

韓	英 / 中
韓 나용선계약	英 bareboat (=demise) charter 中 光船租賃，空船出租
韓 나이론	英 nylon 中 尼龍
韓 낙찰	英 successful bid 中 得標
韓 납	英 lead 中 鉛
韓 납입 (納入)	英 payment 中 交貨
韓 납입일 (納入日)	英 deliver date 中 交貨日期
韓 납품	英 delivery 中 交貨
韓 납품업자	英 supplier 中 供應商
韓 내구성	英 durability 中 耐久性
韓 내선	英 extension 中 內線
韓 내수	英 domestic demand 中 內需
韓 내역 (內譯)	英 breakdown 中 明細，細目

韓	英 / 中
韓 내역서 (內譯書)	英 detailed statement 中 明細表
韓 내용 (물)	英 contents 中 內容 (物)
韓 내항성 (耐航性)	英 seaworthy 中 耐航性，適航
韓 냉동	英 freeze 中 冷凍
韓 냉동식품	英 frozen food 中 冷凍食品
韓 냉장선	英 a refrigerator boat 中 冷藏船
韓 네거티브 리스트	英 negative list 中 不准進口商品單
韓 네고	英 nego 中 可談判，可商量
韓 다루다 (상품을)	英 handle 中 經營
韓 다스	英 dozen 中 打
韓 대금 (代金)	英 payment 中 貨款
韓 대금교환불 (代金交換拂)	英 cash on delivery (COD) 中 貨到付款；現金交付

韓	英 / 中
韓 대금추심 (代金推尋)	英 collection 中 收款，代收
韓 대금회수 (代金回收)	英 collection 中 收款
韓 대량	英 heavy, a large quantities of 中 大量，大批
韓 대량구입	英 heavy buying 中 大量收購
韓 대량생산	英 mass production 中 大量生產
韓 대량주문 (大量注文)	英 bulk order 中 大量訂購
韓 대량판매	英 mass sal 中 大量販賣
韓 대리 (代理)	英 deputy 中 代理
韓 대리권	英 authority of agency 中 代理權
韓 대리업	英 agency 中 代理業
韓 대리인비용	英 agency cost 中 代理成本
韓 대리점 (代理店)	英 agent 中 代理商

韓	英 / 中
韓 대리점 계약	英 agency agreement 中 代理合同
韓 대리점 수수료	英 agent (=agency) commission 中 代理佣金 (手續費)
韓 대조하다 (對照)	英 compare, check 中 對照，對比
韓 대차대조표	英 balance sheet 中 借貸對照表
韓 대체가능물품	英 fungible goods, replaceable items 中 可代替物品
韓 대체품	英 replacement (=substitute) 中 代替品，替代品
韓 대책	英 measure, countermeasures, a strategy 中 對策
韓 대출	英 loan 中 貸款
韓 도매가격	英 wholesale price 中 批發價格
韓 도착 (到着)	英 arrival 中 到達
韓 도착예정시간	英 estimate time of arrival 中 預計到達時間
韓 도착예정일	英 Estimated time of Arrival (ETA) 中 預計到達日

韓	英 / 中
韓 도착항 (到着港)	英 port of arrival 中 到貨港，目的口岸
韓 독점대리점	英 exclusive agent 中 獨家代理店 (總代理)
韓 독점대리점 계약	英 exclusive agency agreement 中 總代理合約
韓 독점 (총) 판매점	英 Exclusive Distributorship 中 獨家銷售
韓 독점판매 대리점	英 exclusive selling agent 中 獨家經銷代理店 (總經銷)
韓 독촉장 (督促狀)	英 reminder 中 催款函
韓 동격자격자 (同格資格者)	英 counterpart 中 相同資格者
韓 동결	英 freeze 中 凍結
韓 동료 (同僚)	英 colleague, workmate 中 同事
韓 동업자 신용조회처	英 trade reference 中 貿易參考
韓 동봉물	英 enclosure(s) 中 (信函的) 附件
韓 동일 가격 (同一價格)	英 the same price 中 同價

韓	英 / 中
韓 동등품	英 equivalent 中 同等品
韓 동안 (내내)	英 during 中 期間
韓 동업자 (同業者)	英 partner 中 合夥人
韓 동업자 (신용) 조회처	英 trade reference 中 商戶保證
韓 동의	英 agreement 中 同意
韓 디폴트	英 default 中 違約；拖欠
韓 딜러 / 판매업자	英 dealer, distributor 中 批發商 / 銷售業者
韓 딜리버	英 deliver 中 交貨
韓 라벨	英 label 中 標籤
韓 마감일 (磨勘日)	英 cut off date 中 截止日期
韓 매도확인서 (賣渡確認書)	英 Vending certificate of confirmation 中 售貨確認書
韓 매도 (賣渡)	英 negotiation 中 出售

韓	英 / 中
韓 매도인	英 seller 中 賣方
韓 매도인 확인조건부 오퍼	英 offer subject to seller's confirmation 中 賣方確認有效報價
韓 매매계약	英 sales contract 中 買賣契約
韓 매매계약서	英 contract (note) 中 買賣合同
韓 매상 (賣上)	英 sales, turnover, market 中 銷售
韓 매상원가 (買上、賣上原價)	英 the cost of goods sold 中 銷售成本
韓 매상총이익 (賣上總利益)	英 gross profit(margin) 中 銷售總收益
韓 매상고 (賣上高)	英 the sales, the turnover 中 銷售額，營業額
韓 매수 (買收)	英 buying, acquisition 中 獲得；購買
韓 매수시장 (買收市場)	英 Purchases the market 中 收購市場
韓 매약서 (賣約書)= 매도확약서	英 sales note 中 售貨單
韓 매입	英 purchase 中 買入

韓	英 / 中
韓 매입 주문서 (買入注文書)	英 indicate Purchase Order(P/O) 中 訂購單
韓 매진 (賣盡)	英 sellout, be sold out 中 售罄，脫銷
韓 명세	英 the items of an account, breakdown 中 明細
韓 명세서 (明細書)	英 statement 中 明細表清單
韓 모선	英 Mother Vessel(M/V) 中 主船
韓 모델	英 model 中 模型
韓 모델번호 (model 番號)	英 Model number 中 型號
韓 모회사	英 holding company, parent company 中 母公司
韓 목록	英 list 中 目錄
韓 목상자	英 wooden box 中 木箱
韓 목적	英 purpose 中 目的
韓 목적지	英 destination 中 目的地

ㄱ ㄴ ㄷ ㄹ ㅁ ㅂ ㅅ ㅇ ㅈ ㅊ ㅋ ㅌ ㅍ ㅎ

韓	英 / 中
韓 목적지 인도 비용	英 Destination Delivery Charge(DOC) 中 目的地提貨費
韓 목적항 (目的港)	英 the port of destination 中 到貨港口
韓 목표	英 goal 中 目標
韓 무료 (無料)	英 free 中 免費
韓 무료견본	英 Sample of no Value 中 免費貨樣
韓 문서첨부	英 document attached 中 附加文件
韓 문제	英 question, problem 中 問題
韓 문제점	英 problem, drawback, a point in dispute 中 問題點
韓 물건 (物件)	英 product, item 中 物品
韓 물색하다	英 look for, search for 中 物色，尋找
韓 물품	英 article goods 中 物品
韓 물품세 (物品稅)	英 commodity tax 中 貨物稅

韓	英 / 中
韓 미결제 (未決濟)	英 outstanding 中 未付款
韓 반제품 (半製品)	英 half-finished goods, semifinished goods 中 半成品
韓 반품	英 take back 中 退貨
韓 배상	英 compensation 中 賠償
韓 배상금	英 compensation 中 賠償金
韓 배서 (背書)	英 endorsement 中 票據背面簽字
韓 배서인	英 endorser 中 轉讓人；背書人
韓 변상 (辨償)	英 compensation 中 賠償
韓 변제 (辨濟)	英 repayment 中 清償；償還
韓 보고서	英 report 中 報告
韓 보관비	英 carrying change 中 保管費
韓 보너스	英 bonus 中 獎金，紅利

韓	英 / 中
韓 보상금	英 compensation 中 補償金
韓 부가가치세	英 value added tax(VAT) 中 附加價值稅
韓 부가세	英 surtax, additional tax 中 附加稅
韓 부대조건	英 collateral condition 中 附帶條件
韓 부도	英 bankruptcy 中 空頭；破產
韓 부도수표	英 bounced check, bad check 中 空頭支票
韓 부두수취증	英 Dock Receipt (D/R) 中 碼頭收據
韓 부도어음	英 bill of dishonor 中 空頭票據
韓 부적운임	英 dead freight 中 空載運費
韓 부정기선	英 tramper 中 不定期船
韓 부정기선 (不定期船)	英 tramp steamer 中 不定期貨輪
韓 부족손	英 shortage, lack 中 短缺

韓	英 / 中
韓 부채	英 debt, liabilities 中 負債
韓 부패성 식품	英 Perishable Goods 中 易腐貨物
韓 부품	英 part 中 配件，零件
韓 부피가 큰 화물	英 bulky cargo 中 超大貨物
韓 분담	英 share, divide 中 分擔
韓 분류	英 classification, categorization 中 分類
韓 분할선적	英 partial shipment 中 分批裝運
韓 분할 적하	英 In turn loading, partial loading 中 分批裝貨
韓 분할 지급	英 to pay by installments 中 分期付款
韓 분할지불	英 to pay by installments 中 分期付款
韓 불리 (점)	英 disadvantage 中 不利
韓 불량품 (不良品)	英 defective product 中 瑕疵品

韓	英 / 中
韓 비수기 (非需期)	英 Off-season 中 淡季
韓 비용	英 cost, expense 中 費用
韓 비품	英 equipment 中 備品
韓 사양서	英 specification 中 詳細說明書
韓 사용자	英 user 中 使用者
韓 사인	英 signature 中 簽名
韓 산적 (散積)	英 bulk 中 散裝
韓 3 국간 무역 (3 國間貿易)	英 cross trade, transit trade 中 轉口貿易
韓 상반기 (上半期)	英 the first half year 中 上半年
韓 상사 (商社)	英 trading company, trading firm 中 廠商
韓 상업	英 commerce 中 商業
韓 상업 송장	英 Commercial Invoice (C/I) 中 商業發票

韓	英 / 中
韓 상표	英 trademark ™ 中 商標
韓 상표매매	英 sale by brand(trade mark) 中 憑商標買賣
韓 상품	英 product, goods 中 商品
韓 상품목록	英 catalog 中 商品目錄
韓 서류 (書類)	英 document, paper 中 文件；單據
韓 서류 (B/L) 발행비	英 Document Fee (D/F) 中 製單費
韓 서명 (署名)	英 signature 中 簽名
韓 선불금 (先拂金)	英 money paid in advance 中 預付款
韓 선불 (先拂)	英 payment in advance 中 預付，首付
韓 선적 (船積)	英 shipment 中 裝船
韓 선적견본	英 shipment sample (=shipping sample) 中 裝運樣本
韓 선적 서류	英 shipping documents 中 裝船單據

韓	英 / 中
韓 선적수량조건	英 shipped quantity terms 中 裝船數量條款
韓 선적 요청서	英 Shipping Request (S/R) 中 裝船請求書
韓 선적일	英 Shipping Date (S/D) 中 裝船有效期
韓 선적중량조건	英 shipped weight terms 中 裝船重量條款
韓 선적지시서	英 Shipping Order (S/O) 中 裝傳船單，裝貨單
韓 선적지연	英 delayed shipment (delay in shipment) 中 延遲裝船，延期裝船
韓 선적통지	英 shipping advice (notice) 中 裝船通知單
韓 선적품질조건	英 shipped quality terms,Tale Quale (TQ) 中 裝船品質條款
韓 선적 (기) 일	英 shipping date 中 裝船日
韓 선적항	英 port of shipment (=shipping port) 中 裝運港
韓 선지급	英 payment in advance 中 預付，首付
韓 선하 증권 (船荷證券)	英 Bill of Landing (B/L) 中 提貨單

韓	英 / 中
韓 성능 (기계 등의)	英 performance 中 性能，功能
韓 성분	英 ingredient 中 成分
韓 성수기 (盛需期)	英 peak season 中 旺季
韓 성수기 할증료	英 Peak Season Surcharge (PSS) 中 旺季附加費
韓 세관 (稅關)	英 customs 中 海關
韓 세관송장	英 customs invoice 中 海關發票
韓 세관의 창고 (海關的倉庫)	英 customs shed 中 關棧，海關的倉庫
韓 세관신고서 (稅關申告書)	英 bill of entry 中 海關申報表
韓 소비자	英 consumer 中 消費者
韓 소유권	英 ownership 中 所有權
韓 소유물	英 belonging 中 所有物
韓 소유자	英 holder 中 所有者

韓	英 / 中
韓 송금 (送金)	英 remittance 中 匯付；匯款；寄錢
韓 송장	英 invoice 中 送貨單
韓 송장금액	英 invoice amount 中 發票金額
韓 수량	英 amount, quantity, volume 中 數量
韓 수량할인	英 quantity discount 中 數量折扣
韓 수송	英 transportation 中 輸送
韓 수송비 (輸送費)	英 shipment costs, haulage 中 運費
韓 수수료 (收受料)	英 charge, commission 中 手續費；傭金
韓 수익	英 earnings 中 收入
韓 수익금	英 profits 中 收益金
韓 수익자	英 a beneficiary 中 收益者
韓 수입관세	英 impor duties 中 進口稅

韓 수입 면장	英 Import Permit (I/P) 中 進口報關單
韓 수입배급제	英 Import quota system 中 進口配額制
韓 수입상	英 importer 中 進口商
韓 수입세	英 import duties 中 進口稅
韓 수입세율	英 import rates of duty 中 進口關稅
韓 수입승인 (서)	英 import licence (lisence) 中 進口許可
韓 입유전스	英 import usance draft 中 進口遠期匯票
韓 수입제한	英 import restrictions 中 進口限制
韓 수입품	英 imports 中 進口貨
韓 수입허가 승인서	英 Import Licence (I/L) 中 進口許可證
韓 수정	英 modification 中 修整，修改
韓 수주잔고 (受注殘高)	英 orders on hand 中 訂貨餘額

韓	英 / 中
韓 수준	英 level, standard 中 水準
韓 수지	英 profit, balance 中 收支
韓 수출	英 export 中 出口
韓 수출어음	英 export bill 中 出口票據
韓 수출업자	英 exporter 中 輸出業者
韓 수출입	英 exportation and importation 中 進出口
韓 수출	英 export 中 出口
韓 수출허가 승인서	英 Export Licence (E/L) 中 出口許可證
韓 수취금	英 amount receivable 中 收取金
韓 수취계정 (受取計定)	英 receivables 中 收取帳目、應收帳款
韓 수취분 (收取分)	英 favor 中 受取份
韓 수취선하증권	英 received B/L 中 備運提單

韓	英 / 中
韓 수취인 (受取人)	英 addressee, consignee 中 收件人、收貨人
韓 수표 (手票)	英 check, cheque 中 支票
韓 수표보증 (手票保證)	英 certified check 中 保付支票
韓 수하인	英 consignee 中 收貨人
韓 수화인	英 consignee (consignor : 송화인의 반대개입) 中 收貨人
韓 시장 가격 (市場價格)	英 market price 中 市價
韓 신고서 (申告書)	英 declaration 中 申報單
韓 신고자 (申告者)	英 reporter 中 申報人
韓 예비금	英 reserve fund 中 準備金
韓 예산	英 budget 中 預算
韓 예산안	英 budget (proposal/bill) 中 預算案
韓 예상	英 expectation 中 預計

韓	英 / 中
韓 예약구독	英 subscription 中 預約訂購
韓 예정 (표)	英 schedule 中 計畫
韓 예정표	英 calendar 中 預定表
韓 오너	英 owner 中 所有人
韓 오더	英 order 中 訂單
韓 오차	英 error mistake 中 誤差
韓 오퍼 (offer)	英 offer 中 報價
韓 용선계약 (서)	英 charter party (C/P) 中 租船合同
韓 우송	英 mailing 中 郵寄
韓 우체국 (郵遞局)	英 post office 中 郵局
韓 우편 (郵便)	英 mail, post 中 郵政
韓 오퍼 시트	英 offer sheet 中 報價單

韓 운송 / 운수	英 transportation 中 運輸
韓 운송비	英 shipping expense 中 運輸費用
韓 운송업자	英 carrier 中 運輸業者
韓 운송장 (運送狀)	英 waybill, an invoice 中 運貨單
韓 운송인	英 carrier, porter 中 運送人
韓 운임 (육상) (運賃)	英 carriage 中 運費
韓 운임 (도) 착지급	英 freight collect 中 運費待收
韓 운임률	英 freight rates 中 運費率
韓 운임목록	英 Freight List (F/L) 中 運價表
韓 운임 보험료 포함 인도	英 Cost Insurance and Freight (C.I.F.) 中 到岸價格
韓 운임선불 (運賃先拂)	英 freight to collect prepaid 中 預付運費，運費先付
韓 운임 착불 (運賃 着拂)	英 freight to collect 中 運費到付

韓	英 / 中
韓 운임 포함 가격	英 Cost and Freight (C&F) 中 包運價格
韓 운임 포함조건	英 Cost & Freight (C&F) 中 成本加海運費 (包運價格)
韓 운임표	英 freight list 中 運費表
韓 운임협정	英 tariff agreement 中 運費協定 (商)
韓 운임 후불	英 freight collect 中 運費待收
韓 운전	英 driving 中 運轉
韓 운항소요시간	英 Transit Time (T/T) 中 航程
韓 원가	英 production cost 中 原價
韓 원가계산	英 CA (cost accounting) 中 成本計算
韓 원가이하판매	英 sacrifice 中 虧本銷售
韓 원견본	英 original sample 中 原樣
韓 월부 / 할부 (月付 / 割付)	英 monthly installment plan 中 分期付款

韓	英 / 中
韓 위약금	英 cancellation charge 中 違約金
韓 유력자	英 potentate 中 有力者
韓 유산스	英 usance 中 票據期限
韓 유상견본	英 Sample of Commercial value 中 商品試樣
韓 유예	英 postponement, delay, hesitation 中 猶豫；延緩；延期
韓 유예기간	英 grace period 中 寬限期
韓 유전스	英 usance 中 期限
韓 유지	英 keep, maintain 中 維持
韓 유조선 (油槽船)	英 oil tanker supertanker 中 油輪
韓 유지비	英 cost of maintenance 中 維修費用
韓 유통	英 distribution, circulation 中 流通
韓 유효기한	英 the term of validity 中 有效期限

韓	英 / 中
韓 유효성	英 effectiveness 中 有效性
韓 인보이스	英 invoice 中 發貨單；發單；發票
韓 인보이스카피	英 invoice copy 中 發單副本
韓 인보이스총액	英 invoice total 中 發單總額
韓 인세 (印稅)	英 royalties 中 印花稅
韓 일람불 (一覽拂)	英 at sight 中 見票即付
韓 일람불어음	英 sight draft 中 即期匯票
韓 일람불로	英 at sight 中 即期付款
韓 일람 지급 (一覽支給)	英 sight payment 中 一見即付
韓 일람 지급 어음	英 sight draft 中 見票即付票據
韓 일람출급 (一覽出給)	英 at sight 中 見票即付
韓 입찰 (入札)	英 bid for, bidding, tender 中 投標

韓	英 / 中
韓 입찰 모집 (入札募集)	英 invitation for tenders 中 招標；投標
韓 입하 (入荷)	英 arrival 中 進 (貨)
韓 입항 예정일	英 Estimated Time of Arrival (ETA) 中 預計到港日期
韓 잉여금	英 surplus 中 盈餘款
韓 자금	英 funds, money, capital 中 資金
韓 자금부족	英 lack of funds 中 資金不足
韓 재개발 (再開發)	英 redevelopment 中 重新開發
韓 적재 (積載)	英 load 中 積載、裝載
韓 적정가격 (適正價格)	英 reasonable prices 中 合適 (適當) 的價格
韓 적하 (積荷)	英 load, freight, cargo 中 積荷；裝貨
韓 적하목록 (積荷目錄)	英 manifest (M/F), shipping invoice 中 貨單
韓 접수	英 receipt 中 登記；收到

韓	英 / 中
韓 정가 (定價)	英 fixed pric 中 定價
韓 정기선 (定期船)	英 liner 中 定期船班
韓 정기선항로 하역조건	英 Liner Term (=Berth Term) 中 班輪條款
韓 정기 (기간) 용선	英 time charter 中 定期租賃
韓 정기항공편	英 regular flight 中 定期航班
韓 정량 (定量)	英 net weight 中 淨重
韓 정박기간	英 laydays (=laytime) 中 受載日期；停舶日期
韓 제반 비용 (諸般費用)	英 charges 中 手續費
韓 제안	英 proposal, suggestion 中 提案
韓 제외	英 exception 中 除外
韓 제의 (提議)	英 suggestion, proposal 中 提議
韓 제품 (製品)	英 product, line 中 產品

韓	英 / 中
韓 제한 (制限)	英 limit 中 限制
韓 제휴 (提攜)	英 alliance, partnership, cooporation 中 合作
韓 제휴자 (提攜者)	英 aligner 中 合作者
韓 조건	英 condition 中 條件
韓 주문 (서)	英 order 中 下單
韓 주문서 (注文書)	英 order sheet, indent 中 訂單
韓 중량	英 weight 中 重量
韓 증가	英 increase, grow 中 增加
韓 지급 (支給)	英 pay, payment 中 支付
韓 지급기일 , 만기일	英 date of payment (=due date) 中 償還日期；付款日期
韓 지급거절	英 non-payment, to refuse payment 中 拒付
韓 지급금 (액)	英 payments, paid amount 中 支付額

韓	英 / 中
韓 지급기간	英 usance, period of payment 中 付款期限
韓 지급 기일 (支給期日)	英 the date for payment 中 付款日期
韓 지급도	英 D/P (documents against payment) 中 付款交單
韓 지급인	英 drawee 中 付款人
韓 지급 장소 (支給場所)	英 place of payment, zahlstelle 中 付款地
韓 참고 가격	英 indicative price 中 參考價格
韓 참조 (參照)	英 reference, consultation, consult 中 參照，參考
韓 창고	英 warehouse 中 倉庫
韓 창고비 (倉庫費)	英 Warehousing expense 中 倉儲費
韓 청구서 (請求書)	英 invoice, bill 中 請款單；帳單
韓 청산 (清算)	英 liguidation, settlement of 中 清算、結清
韓 총중량	英 gross weight 中 毛重

韓	英 / 中
韓 총톤	英 gross ton 中 總噸，長噸
韓 출하	英 shipment, consignment, ship 中 運送；出貨；上市
韓 출하항	英 loading port 中 裝貨口岸
韓 치수 (-數)	英 size 中 尺寸
韓 카본지 복사	英 carbon copy 中 複寫
韓 카운터오퍼(반대 청약)	英 counteroffer 中 還盤，採購還價
韓 커미션	英 commission 中 傭金
韓 컨테이너	英 Container (CNTR) 中 貨櫃，集裝箱
韓 컨테이너 소량화물	英 Less Than Container Load (LCL) 中 拼箱貨，併櫃貨物
韓 컨테이너 야적장	英 Container Yard (CY) 中 集裝箱堆場(整櫃交貨)
韓 컨테이너선	英 container ship 中 貨櫃輪
韓 코스트	英 cost 中 成本

韓	英 / 中
韓 콘테이너	英 container 中 貨櫃
韓 콘테이너선	英 container ship 中 貨櫃輪
韓 통관	英 entry 中 通關，報關
韓 통관비	英 Customs Clearance Fee (CCF) 中 報關費
韓 통관절차 (通關節次)	英 clearance 中 報關，通關手續
韓 특혜 관세	英 preferential tariff 中 特惠關稅
韓 팩스	英 fax, facsimile 中 傳真
韓 표준	英 standard, average, norm 中 標準
韓 표준가격	英 standard price 中 標準價格
韓 품질관리	英 quality assurance, quality control 中 品管
韓 하기 서명자	英 undersigned 中 簽名於後的，簽過字的
韓 하수인 (荷受人)	英 consignee 中 收貨人

韓	英 / 中
韓 하주 (荷主)	英 the owner of cargo 中 貨主
韓 하주우대계약	英 Service Contract (S/C) 中 服務合同
韓 합계	英 sum 中 合計
韓 합계 금액 (合計金額)	英 total value 中 總計金額，總值
韓 합의 (合意)	英 agreement, consent 中 同意
韓 항공	英 aviation 中 航空
韓 항공 수송 (航空輸送)	英 airlift, air transportation 中 空運
韓 항공권 (航空券)	英 air ticket 中 機票
韓 항공화물 운송장	英 air waybill (AWB) 中 航空運單
韓 항공회사	英 airline 中 航空公司
韓 항구 (港口)	英 harbor 中 港口
韓 항목 (項目).	英 item 中 項目

韓	英 / 中
韓 항해용선계약	英 voyage (=trip) charter 中 航次租船
韓 해결책 (解決策)	英 solution 中 解決方案
韓 해상수송 (海上輸送)	英 marine transportation 中 海運
韓 해운	英 merchant shipping 中 海運
韓 허가증 (許可證)	英 permit 中 許可證
韓 현금 거래 (現金去來)	英 cash transactions 中 現金交易
韓 현금결제 (대금인환지급)	英 Cash on Delivery (C.O.D) 中 交貨付款
韓 현지 조립 (現地組立)	英 assemblage operation 中 來件配裝
韓 협력 (協力)	英 collaboration 中 合作
韓 협의 (協議)	英 agreement 中 協議
韓 협정 (協定)	英 agreement 中 協定
韓 화주 (貨主)	英 shipper 中 發貨人，托運人

韓	英 / 中
韓 확장 (擴張)	英 dilation, extendtion 中 擴張
韓 환 (換)	英 exchange, swap 中 交換
韓 환급 (還給) 【관세 (關稅) 】	英 drawback 中 退稅
韓 환불	英 refund 中 退款，償還
韓 환송금 (換送金)	英 transfer 中 匯款
韓 환어음	英 draft 中 匯票
韓 환어음 지불도조건	英 Documents Against Payment (D/P) 中 付款交單
韓 환어음 인수도조건	英 Documents Against Acceptance (D/A) 中 承總交單
韓 할부선적	英 install(L)ment shipment 中 分批裝船
韓 할인	英 discount 中 折扣
韓 회사 (會社)	英 association , company 中 公司
韓 흡수합병 (吸收合併)	英 merge 中 合併

韓 희생 (犧牲)	英 sacrifice 中 犧牲；賤賣
韓 20' 컨테이너	英 Twenty-Feet Equipment Unit (TEU) 中 20 呎貨櫃(集裝箱)，小箱
韓 40' 컨테이너	英 Forty-Feet Equipment Unit (FEU) 中 40 呎貨櫃(集裝箱)，大箱
韓 D/O 발행 비용	英 D/O Charge (D/O CHG) 中 換單費

13 韓・英・中 國家、城市、語言

韓 나라 이름 英 National Name 中 國家名稱	韓 수도 英 Capital 中 首都	韓 언어 英 Language 中 使用語言
韓 가나 英 Ghana 中 迦納	韓 아크라 英 Accra 中 阿克拉	韓 영어 英 English 中 英語
韓 가봉 英 Gabon 中 加彭	韓 리브르빌 英 Libreville 中 利伯維爾（自由市）	韓 프랑스어 英 French 中 法語
韓 가이아나 英 Guyana 中 圭亞那（蓋亞那）	韓 조지타운 英 Georgetown 中 喬治城	韓 영어 英 English 中 英語
韓 감비아 英 Gambia 中 甘比亞	韓 반줄 英 Banjul 中 班竹市	韓 영어 英 English 中 英語
韓 그루지야 英 Georgia 中 喬治亞	韓 트빌리시 英 Tbilisi 中 提比里斯	韓 그루지야어 英 Georgian 中 喬治亞語
韓 그리스 英 Greece 中 希臘	韓 아테네 英 Athens 中 雅典	韓 그리스어 英 Greek 中 希臘語
韓 그레나다 英 Grenada 中 格瑞那達	韓 세인트조지스 英 St. George's 中 聖喬治	韓 영어 英 English 中 英語
韓 기니 英 Guinea 中 幾內亞	韓 코나크리 英 Conakry 中 柯那克里	韓 프랑스어 英 French 中 法語

韓 나라 이름 英 National Name 中 國家名稱	韓 수도 英 Capital 中 首都	韓 언어 英 Language 中 使用語言
韓 기니비사우 英 Guinea-Bissau 中 幾內亞比索	韓 비사우 英 Bissau 中 比索	韓 포르투갈어 英 Portuguese 中 葡萄牙語
韓 과테말라 英 Guatemala 中 瓜地馬拉	韓 과테말라 시티 英 Guatemala City 中 瓜地馬拉城	韓 영어 英 English 中 英語
韓 나미비아 英 Namibia 中 納米比亞	韓 빈트후크 英 Windhoek 中 溫荷克	韓 영어 英 English 中 英語
韓 나우루 英 Nauru 中 諾魯	韓 야렌 英 Yaren 中 雅連	韓 나우루어 英 Naoero 中 諾魯語
韓 나이지리아 英 Nigeria 中 奈及利亞	韓 아부자 英 Abuja 中 阿布加	韓 영어 英 English 中 英語
韓 남아프리카공화국 (남아공) 英 South Africa 中 南非共和國	韓 프리토리아 英 Pretoria 中 普里托利亞	韓 영어 英 English 中 英語
韓 노르웨이 英 Norway 中 挪威	韓 오슬로 英 Oslo 中 奧斯陸	韓 노르웨이어 英 Norwegian 中 挪威語
韓 뉴질랜드 英 New Zealand 中 紐西蘭	韓 웰링턴 英 Wellington 中 威靈頓	韓 영어 / 마오리어 英 English/ Maori 中 英語 / 毛利語

韓 나라 이름 英 National Name 中 國家名稱	韓 수도 英 Capital 中 首都	韓 언어 英 Language 中 使用語言
韓 니제르 英 Niger 中 尼日	韓 니아메 英 Niamey 中 尼亞美 (尼阿美)	韓 프랑스어 英 French 中 法語
韓 니카라과 英 Nicaragua 中 尼加拉瓜	韓 마나과 英 Managua 中 馬拿 (納) 瓜	韓 스페인어 英 Spanish 中 西班牙語
韓 네덜란드 英 Netherlands 中 荷蘭	韓 암스테르담 英 Amsterdam 中 阿姆斯特丹	韓 네덜란드어 英 Dutch 中 荷蘭語
韓 네팔 英 Nepal 中 尼泊爾	韓 카트만두 英 Kathmandu 中 加德滿都	韓 네팔어 英 Nepalese 中 尼泊爾語
韓 도미니카 英 the Commonwealth of Dominica 中 多米尼克	韓 로조 英 Roseau 中 羅索 (羅梭)	韓 영어 英 English 中 英語
韓 독일 英 Germany 中 德國	韓 베를린 英 Berlin 中 柏林	韓 독일어 英 German 中 德語
韓 동티모르 英 East Timor 中 東帝汶	韓 딜리 英 Dili 中 帝利 (帝力)	韓 포르투갈어 / 테툼어 英 Portuguese/ Tetun (Tetum) 中 葡萄牙語 / 德頓語
韓 대한민국 (한국) 英 Republic of Korea 中 大韓民國 (韓國)	韓 서울 英 Seoul 中 首爾	韓 한국어 英 Korean 中 韓語

韓 나라 이름 英 National Name 中 國家名稱	韓 수도 英 Capital 中 首都	韓 언어 英 Language 中 使用語言
韓 덴마크 英 Denmark 中 丹麥	韓 코펜하겐 英 Copenhagen 中 哥本哈根	韓 덴마크어 英 Danish 中 丹麥語
韓 라오스 英 Laos 中 寮國	韓 비엔티안 英 Vientiane 中 永珍	韓 라오어 英 Lao 中 寮語
韓 라이베리아 英 Liberia 中 賴比瑞亞	韓 몬로비아 英 Monrovia 中 蒙羅維亞	韓 영어 英 English 中 英語
韓 라트비아 英 Latvia 中 拉脫維亞	韓 리가 英 Riga 中 里加	韓 라트비아어 英 Latvian 中 拉脫維亞語
韓 러시아 英 Russia 中 俄羅斯	韓 모스크바 英 Moscow 中 莫斯科	韓 러시아어 英 Russian 中 俄語
韓 루마니아 英 Romania 中 羅馬尼亞	韓 부쿠레슈티 英 Bucharest 中 布加勒斯特	韓 루마니아어 英 Romanian 中 羅馬尼亞語
韓 룩셈부르크 英 Luxembourg 中 盧森堡	韓 룩셈부르크 英 Luxembourg City 中 盧森堡市	韓 프랑스어 / 독일어 英 French/ German 中 法語 / 德語
韓 르완다 英 Rwanda 中 盧安達	韓 키갈리 英 Kigali 中 吉佳利 (基加利)	韓 영어 英 English 中 英語

韓 나라 이름 英 National Name 中 國家名稱	韓 수도 英 Capital 中 首都	韓 언어 英 Language 中 使用語言
韓 리비아 英 Libya 中 利比亞	韓 트리폴리 英 Tripoli 中 的黎波里	韓 아랍어 英 Arabic 中 阿拉伯語
韓 리투아니아 英 Lithuania 中 立陶宛	韓 빌뉴스 英 Vilnius 中 維爾紐斯	韓 리투아니아어 英 Lithuanian 中 立陶宛語
韓 리히텐슈타인 英 Liechtenstein 中 列支敦斯登	韓 파두츠 英 Vaduz 中 瓦都茲	韓 독일어 英 German 中 德語
韓 레바논 英 Lebanon 中 黎巴嫩	韓 베이루트 英 Beirut 中 貝魯特	韓 아랍어 英 Arabic 中 阿拉伯文
韓 레소토 英 Lesotho 中 賴索托	韓 마세루 英 Maseru 中 馬賽魯	韓 영어 英 English 中 英語
韓 마다가스카르 英 Madagascar 中 馬達加斯加	韓 안타나나리보 英 Antananarivo 中 安塔那那利弗（塔那那利佛）	韓 프랑스어 英 French 中 法語
韓 마케도니아 英 Macedonia 中 馬其頓	韓 스코페 英 Skopje 中 史高比耶(斯科普里)	韓 마케도니아어 英 Macedonian 中 馬其頓語
韓 말라위 英 Malawi 中 馬拉威	韓 릴롱궤 英 Lilongwe 中 里朗威	韓 영어 英 English 中 英語

韓 나라 이름 英 National Name 中 國家名稱	韓 수도 英 Capital 中 首都	韓 언어 英 Language 中 使用語言
韓 말리 英 Mali 中 馬利	韓 바마코 英 Bamako 中 巴馬科	韓 프랑스어 英 French 中 法語
韓 말레이시아 英 Malaysia 中 馬來西亞	韓 콸라룸푸르 英 Kuala Lumpur 中 吉隆坡	韓 말레이어 英 Malay 中 馬來語
韓 모로코 英 Morocco 中 摩洛哥	韓 라바트 英 Rabat 中 拉巴特	韓 아랍어 英 Arabic 中 阿拉伯語
韓 모리셔스 英 Mauritius 中 模里西斯	韓 포트루이스 英 Port Louis 中 路易士港	韓 영어 英 English 中 英語
韓 모리타니아 英 Mauritania 中 茅利塔尼亞	韓 누악쇼트 英 Nouakchott 中 諾克少	韓 아랍어 英 Arabic 中 阿拉伯語
韓 모잠비크 英 Mozambique 中 莫三比克	韓 마푸토 英 Maputo 中 馬布多	韓 포르투갈어 英 Portuguese 中 葡萄牙語
韓 몰도바 英 Moldova 中 摩爾多瓦	韓 키시네프 英 Kishinev 中 基希涅夫	韓 몰도바어 英 Moldovian 中 摩爾多瓦語
韓 몰디브 英 Maldives 中 馬爾地夫	韓 말레 英 Male 中 馬列	韓 디베히어 英 Maldivian Divehi 中 迪維希語 （馬爾地夫語）

韓 나라 이름 英 National Name 中 國家名稱	韓 수도 英 Capital 中 首都	韓 언어 英 Language 中 使用語言
韓 몰타 英 Malta 中 馬爾他	韓 발레타 英 Valletta 中 瓦萊塔 (瓦勒他)	韓 몰타어 / 영어 英 Malta/ English 中 馬爾他語 / 英語
韓 몽 (골) 고 英 Mongolia 中 蒙古	韓 울란바토르 英 Ulaanbaatar 中 烏蘭巴托	韓 몽골어 英 Mongol 中 蒙古語
韓 도미니카 공화국 英 Dominican Republic 中 多明尼加	韓 산토도밍고 英 Santo Domingo 中 聖多明哥	韓 스페인어 英 Spanish 中 西班牙語
韓 미얀마 英 Myanmar 中 緬甸	韓 양곤 英 Yangon 中 仰光	韓 미얀마어 英 Burmese 中 緬甸語
韓 미크로네시아 英 Micronesia 中 密克羅尼西亞	韓 팔리키르 英 Palikir 中 帕里克爾(帕利基爾)	韓 영어 英 English 中 英語
韓 멕시코 英 Mexico 中 墨西哥	韓 멕시코시티 英 Mexico city 中 墨西哥城	韓 스페인어 英 Spanish 中 西班牙語
韓 바누아투 英 Vanuatu 中 萬那杜 (瓦努阿 (瓦) 圖)	韓 빌라 英 port villa 中 維拉港市	韓 영어 / 프랑스어 英 English/ French 中 英語 / 法語
韓 바베이도스 英 Barbados 中 巴貝多	韓 브리지타운 英 Bridgetown 中 布里奇敦	韓 영어 英 English 中 英語

韓 나라 이름 英 National Name 中 國家名稱	韓 수도 英 Capital 中 首都	韓 언어 英 Language 中 使用語言
韓 바하마 英 Bahamas 中 巴哈馬	韓 나소 英 Nassau 中 拿索	韓 영어 英 English 中 英語
韓 벨기에 英 Belgium 中 比利時	韓 브뤼셀 英 Brussels 中 布魯塞爾	韓 프랑스어 / 독일어 英 French/ German 中 法語 / 德語
韓 벨로루시 (백러시아) 英 Belarus 中 白俄羅斯	韓 민스크 英 Minsk 中 明斯克	韓 벨로루시어 英 Byelorussian 中 白俄羅斯語
韓 보스니아 헤르체고비나 英 Bosnia 中 波士尼亞	韓 사라예보 英 Sarajevo 中 塞拉耶佛	韓 보스니아어 英 Bosnian 中 波士尼亞語
韓 불가리아 英 Bulgaria 中 保加利亞	韓 소피아 英 Sophia 中 索菲亞	韓 불가리아어 英 Bulgarian 中 保加利亞語
韓 베냉 英 Benin 中 貝南	韓 포르트 노보 英 Porto Novo 中 新港	韓 프랑스어 英 French 中 法語
韓 보츠와나 英 Botswana 中 波札那 (博茨瓦納)	韓 가보로네 英 Gaborone 中 嘉柏隆里	韓 영어 / 츠와나어 英 English/ Tswana 中 英語 / 波札那語 (南非班圖語)
韓 부룬디 英 Burundi 中 蒲隆地	韓 부줌부라 英 Bujumbura 中 布松布拉	韓 프랑스어 英 French 中 法語

韓 나라 이름 英 National Name 中 國家名稱	韓 수도 英 Capital 中 首都	韓 언어 英 Language 中 使用語言
韓 부르키나파소 英 Burkina Faso 中 布吉納法索	韓 와가두구 英 Ouagadougou 中 瓦加杜古	韓 프랑스어 英 French 中 法語
韓 베네수엘라 英 Venezuela 中 委內瑞拉	韓 카라카스 英 Caracas 中 卡拉卡斯（加拉加斯）	韓 스페인어 英 Spanish 中 西班牙語
韓 벨리즈 英 Belize 中 貝里斯	韓 벨모판 英 Belmopan 中 貝爾墨邦（貝爾牟潘）	韓 영어 英 English 中 英語
韓 볼리비아 英 Bolivia 中 玻利維亞	韓 라파스 英 La Paz 中 拉巴斯	韓 스페인어 英 Spanish 中 西班牙語
韓 브라질 英 Brazil 中 巴西	韓 브라질리아 英 Brazilia 中 巴西利亞	韓 포르투갈어 英 Portuguese 中 葡萄牙語
韓 바레인 英 Bahrain 中 巴林	韓 마나마 英 Manama 中 麥納瑪	韓 아랍어 英 Arabic 中 阿拉伯文
韓 방글라데시（벵갈） 英 Bangladesh 中 孟加拉	韓 다카 英 Dhaka 中 達卡	韓 벵갈어 英 Bengalese 中 孟加拉語
韓 베트남（월남） 英 Vietnam 中 越南	韓 하노이 英 Hanoi 中 河內	韓 베트남어 英 Vietnamese 中 越南語

韓 나라 이름 英 National Name 中 國家名稱	韓 수도 英 Capital 中 首都	韓 언어 英 Language 中 使用語言
韓 부탄 英 Bhutan 中 不丹	韓 팀부 英 Thimphu 中 辛布	韓 종카어 英 Bhutanese 中 不丹語
韓 브루나이 英 Brunei 中 汶萊	韓 반다르세리베가완 英 Bandar Seri Begawan 中 斯里百加灣 （斯里巴加旺）	韓 말레이어 英 Malay 中 馬來語
韓 산마리노 英 San Marino 中 聖馬力諾	韓 산마리노 英 San Marino 中 聖馬利諾	韓 이탈리아어 英 Italian 中 義大利語
韓 사모아 英 Samoa 中 薩摩亞	韓 아피아 英 Apia 中 阿庇亞（阿皮亞）	韓 영어 / 사모아어 英 English/ Samoan 中 英語 / 薩摩亞語
韓 솔로몬 英 Solomon 中 索羅門群島	韓 호니아라 英 Honiara 中 霍尼亞拉	韓 영어 英 English 中 英語
韓 수단 英 Sudan 中 蘇丹	韓 하르툼 英 Khartoum 中 喀土木	韓 아랍어 英 Arabic 中 阿拉伯語
韓 수리남 英 Suriname 中 蘇利南	韓 파라마리보 英 Paramaribo 中 巴拉馬利波	韓 네덜란드어 英 Dutch 中 荷蘭語
韓 스와질란드 英 Swaziland 中 史瓦濟蘭	韓 음바바네 英 Mbabane 中 姆巴巴內	韓 영어 英 English 中 英語

韓 나라 이름 英 National Name 中 國家名稱	韓 수도 英 Capital 中 首都	韓 언어 英 Language 中 使用語言
韓 스위스 英 Switzerland 中 瑞士	韓 베른 英 Bern 中 伯恩	韓 프랑스어 / 독일어 / 이탈리아어 英 French/ German/ Italian 中 法語 / 德語 / 義大利語
韓 스웨덴 英 Sweden 中 瑞典	韓 스톡홀름 英 Stockholm 中 斯德哥爾摩	韓 스웨덴어 英 Swedish 中 瑞典語
韓 슬로바키아 英 Slovakia 中 斯洛伐克	韓 브라티슬라바 英 Bratislava 中 布拉提斯拉瓦（伯拉第斯拉瓦）	韓 슬로바키아어 英 Slovak 中 斯洛伐克語
韓 슬로베니아 英 Slovenia 中 斯洛維尼亞	韓 류블랴나 英 Ljubljana 中 盧比安納（盧布爾雅那、盧比亞那）	韓 슬로베니아어 英 Slovenian 中 斯洛維尼亞語
韓 시에라리온 英 Sierra Leone 中 獅子山	韓 프리타운 英 Freetown 中 弗里敦（自由城）	韓 영어 英 English 中 英語
韓 세르비아 - 몬테네그로 英 Serbia and Montenegro 中 塞爾維亞與蒙特內格羅	韓 베오그라드 英 Belgrade 中 貝爾格勒	韓 세르보크로아트어 英 Serbian 中 塞爾維亞語

韓 나라 이름 英 National Name 中 國家名稱	韓 수도 英 Capital 中 首都	韓 언어 英 Language 中 使用語言
韓 세인트루시아 英 Saint Lucia 中 聖露西亞	韓 캐스트리스 英 Castries 中 卡斯翠	韓 영어 英 English 中 英語
韓 세인트빈센트그레나딘 英 Saint Vincent and the Grenadines 中 聖文森及格瑞那丁	韓 킹스타운 英 Kingston 中 金石城(金斯敦)	韓 영어 英 English 中 英語
韓 세인트키츠네비스 英 Saint Kitts (Christopher) and Nevis 中 聖克里斯多福及尼維斯	韓 바스테르 英 Basseterre 中 巴士底(巴斯底、巴斯特爾)	韓 영어 英 English 中 英語
韓 아르헨티나 英 Argentina 中 阿根廷	韓 부에노스아이레스 英 Buenos Aires 中 布宜諾斯艾利斯	韓 스페인어 英 Spanish 中 西班牙語
韓 아이티 英 Haiti 中 海地	韓 포르토프랭스 英 Port-Au-Prince 中 太子港	韓 프랑스어 英 French 中 法語
韓 아이슬란드 英 Iceland 中 冰島	韓 레이캬비크 英 Reykjavik 中 雷克雅維克	韓 아이슬란드어 英 Icelandic 中 冰島語
韓 아일랜드 英 Ireland 中 愛爾蘭	韓 더블린 英 Dublin 中 都柏林	韓 영어 英 English 中 英語

韓 나라 이름 英 National Name 中 國家名稱	韓 수도 英 Capital 中 首都	韓 언어 英 Language 中 使用語言
韓 안도라 英 Andorra 中 安道爾	韓 안도라라베야 英 Andorra la Vella 中 老安道爾（安道爾城）	韓 카탈루냐어 英 Catalan 中 加達朗語
韓 알바니아 英 Albania 中 阿爾巴尼亞	韓 티라나 英 Tirana 中 地拉那	韓 알바니아어 英 Albanian 中 阿爾巴尼亞語
韓 알제리 英 Algeria 中 阿爾及利亞	韓 알제 英 Algiers 中 阿爾及爾	韓 프랑스 / 아랍어 英 French/ Arabic 中 法語 / 阿拉伯語
韓 앙골라 英 Angola 中 安哥拉	韓 루안다 英 Luanda 中 盧安達	韓 포르투갈어 英 Portuguese 中 葡萄牙語
韓 영국 英 England 中 英國	韓 런던 英 London 中 倫敦	韓 영어 英 English 中 英語
韓 오스트리아 英 Austria 中 奧地利	韓 비엔나 英 Vienna 中 維也納	韓 독일어 英 German 中 德語
韓 오스트레일리아（호주） 英 Australia 中 澳洲	韓 캔버라 英 Canberra 中 坎培拉	韓 영어 英 English 中 英語
韓 온두라스 英 Honduras 中 宏都拉斯	韓 테구시갈파 英 Tegucigalpa 中 德古西加巴	韓 스페인어 英 Spanish 中 西班牙語

韓 나라 이름 英 National Name 中 國家名稱	韓 수도 英 Capital 中 首都	韓 언어 英 Language 中 使用語言
韓 우간다 英 Uganda 中 烏干達	韓 캄팔라 英 Kampala 中 坎帕拉	韓 영어 英 English 中 英語
韓 우루과이 英 Uruguay 中 烏拉圭	韓 몬테비데오 英 Montevideo 中 蒙特維多	韓 스페인어 英 Spanish 中 西班牙語
韓 우크라이나 英 Ukraine 中 烏克蘭	韓 키예프 英 Kiev 中 基輔	韓 우크라이나어 英 Ukrainian 中 烏克蘭語
韓 이집트 英 Egypt 中 埃及	韓 카이로 英 Cairo 中 開羅	韓 아랍어 英 Arabic 中 阿拉伯語
韓 이탈리아 (이태리) 英 Italy 中 義大利	韓 로마 英 Roma 中 羅馬	韓 이탈리아어 英 Italian 中 義大利語
韓 일본 英 Japan 中 日本	韓 도쿄 英 Tokyo 中 東京	韓 일본어 英 Japanese 中 日語
韓 에리트레아 英 Eritrea 中 厄利垂亞 (厄立特里亞)	韓 아스마라 英 Asmara 中 阿斯瑪拉	韓 아랍어 英 Arabic 中 阿拉伯語
韓 에스토니아 英 Estonia 中 愛沙尼亞	韓 탈린 英 Tallinn 中 塔林	韓 에스토니아어 英 Estonian 中 愛沙尼亞語

韓 나라 이름 英 National Name 中 國家名稱	韓 수도 英 Capital 中 首都	韓 언어 英 Language 中 使用語言
韓 에스파냐 (스페인) 英 Spain 中 西班牙	韓 마드리드 英 Madrid 中 馬德里	韓 스페인어 英 Spanish 中 西班牙語
韓 앤티가 바부다 英 Antigua and Barbuda 中 安地卡及巴布達	韓 세인트존스 英 Saint John 中 聖約翰市	韓 영어 英 English 中 英語
韓 에티오피아 英 Ethiopia 中 衣索比亞	韓 아디스아바바 英 Addis Ababa 中 阿迪斯阿貝巴	韓 암하라어 英 Amharic 中 阿姆哈拉語
韓 에콰도르 英 Ecuador 中 厄瓜多	韓 키토 英 Quito 中 基多	韓 스페인어 英 Spanish 中 西班牙語
韓 엘살바도르 英 El Salvador 中 薩爾瓦多	韓 산살바도르 英 San Salvador 中 聖薩爾瓦多	韓 스페인어 英 Spanish 中 西班牙語
韓 자메이카 英 Jamaica 中 牙買加	韓 킹스턴 英 Kingston 中 京斯敦	韓 영어 英 English 中 英語
韓 조선 (북한) 英 Democratic People's Republic of Korea 中 朝鮮民族主義人民共和國 (北韓)	韓 평양 英 Pyongyang 中 平壤	韓 조선어 英 Korean 中 朝鮮語
韓 중화인민공화국 (중국) 英 China 中 中國	韓 베이징 英 Beijing 中 北京	韓 중국어 英 Chinese 中 中國語

韓 나라 이름 英 National Name 中 國家名稱	韓 수도 英 Capital 中 首都	韓 언어 英 Language 中 使用語言
韓 잠비아 英 Zambia 中 尚比亞	韓 루사카 英 Lusaka 中 路沙卡	韓 영어 英 English 中 英語
韓 적도기니 英 Equatorial Guinea 中 赤道幾內亞	韓 말라보 英 Malabo 中 馬拉博 (馬拉波)	韓 스페인어 英 Spanish 中 西班牙語
韓 중앙아프리카공화국 英 Central African Republic 中 中非共和國	韓 방기 英 Bangui 中 班基	韓 프랑스어 英 French 中 法語
韓 지부티 英 Djibouti 中 吉布地共和國	韓 지부티 英 Djibouti 中 吉布地	韓 프랑스 / 어아랍어 英 French/ Arabic 中 法語 / 阿拉伯語
韓 짐바브웨 英 Zimbabwe 中 辛巴威	韓 하라레 英 Harare 中 哈拉雷	韓 영어 英 English 中 英語
韓 체코 英 Czech 中 捷克	韓 프라하 英 Prague 中 布拉格	韓 체코어 英 Czechs 中 中 捷克語
韓 차드 英 Chad 中 查德	韓 은자메나 英 N'Djamena 中 恩加美納	韓 프랑스어 英 French 中 法語
韓 칠레 英 Chile 中 智利	韓 산티아고 英 San Diego 中 聖地牙哥	韓 스페인어 英 Spanish 中 西班牙語

韓 나라 이름 英 National Name 中 國家名稱	韓 수도 英 Capital 中 首都	韓 언어 英 Language 中 使用語言
韓 카자흐스탄(카자흐) 英 Kazakhstan 中 哈薩克	韓 아스타나 英 Astana 中 阿斯塔納	韓 카자흐어 / 러시아어 英 Kazakh/ Russian 中 哈薩克語 / 俄語
韓 카타르 英 Qatar 中 卡達	韓 도하 英 Doha 中 多哈(杜哈)	韓 아랍어 英 Arabic 中 阿拉伯語
韓 캄보디아 英 Cambodia 中 柬埔寨	韓 프놈펜 英 Phnom Penh 中 金邊	韓 크메르어 英 Khmer 中 高棉語
韓 쿠웨이트 英 Kuwait 中 科威特	韓 쿠웨이트 英 Kuwait city 中 科威特市	韓 아랍어 英 Arabic 中 阿拉伯語
韓 키르기스스탄(키르키스) 英 Kyrgyzstan 中 吉爾吉斯	韓 비슈케크 英 Bishkek 中 比斯凱克	韓 키르기스어 / 러시아어 英 Kirghiz/ Russian 中 吉爾吉斯語 / 俄語
韓 크로아티아 英 Croatia 中 克羅埃西亞	韓 자그레브 英 Zagreb 中 札格瑞布(薩格勒布)	韓 크로아티아어 英 Croatia 中 克羅埃西亞語
韓 카메룬 英 Cameroon 中 喀麥隆	韓 야운데 英 Yaoundé 中 雅溫德	韓 프랑스어 英 French 中 法語
韓 카보베르데 英 Cape Verde 中 維德角	韓 프라이아 英 Praia 中 培亞(培雅、普拉雅)	韓 포르투갈어 英 Portuguese 中 葡萄牙語

韓 나라 이름 英 National Name 中 國家名稱	韓 수도 英 Capital 中 首都	韓 언어 英 Language 中 使用語言
韓 케냐 英 Kenya 中 肯亞	韓 나이로비 英 Nairobi 中 奈洛比	韓 영어 英 English 中 英語
韓 코모로 英 Comoros 中 葛摩（科摩羅）	韓 모로니 英 Moroni 中 莫洛尼	韓 아랍어 英 Arabic 中 阿拉伯語
韓 코트디부아르 英 Côte d'Ivoire 中 象牙海岸	韓 야무수크로 , 아비장 英 Yamoussoukro, Abidjan 中 雅穆索戈羅（雅穆蘇克羅，阿比尚）	韓 프랑스어 英 French 中 法語
韓 콩고 英 Congo 中 剛果	韓 브라자빌 英 Kinshasa 中 布拉薩市	韓 프랑스어 英 French 中 法語
韓 콩고민주공화국 英 Democratic Republic of Congo 中 剛果民主共和國	韓 킨샤사 英 Kinshasa 中 金沙薩	韓 프랑스어 英 French 中 法語
韓 키리바시 英 Kiribati 中 吉里巴斯	韓 타라와 英 Tarawa 中 塔拉瓦	韓 영어 英 English 中 英語
韓 캐나다 英 Canada 中 加拿大	韓 오타와 英 Ottawa 中 渥太華	韓 영어 / 프랑스어 英 English/ French 中 英語 / 法語
韓 코스타리카 英 Costa Rica 中 哥斯大黎加	韓 산호세 英 San Jose 中 聖荷西（聖約瑟）	韓 스페인어 英 Spanish 中 西班牙語

韓 나라 이름 英 National Name 中 國家名稱	韓 수도 英 Capital 中 首都	韓 언어 英 Language 中 使用語言
韓 콜롬비아 英 Colombia 中 哥倫比亞	韓 보고타 英 Bogota 中 波哥大	韓 스페인어 英 Spanish 中 西班牙語
韓 쿠바 英 Cuba 中 古巴	韓 아바나 英 Havana 中 哈瓦那	韓 스페인어 英 Spanish 中 西班牙語
韓 타이 (태국) 英 Thailand 中 泰國	韓 방콕 英 Bangkok 中 曼谷	韓 타이어 英 Thai 中 泰語
韓 타이완 (대만) 英 Taiwan 中 台灣	韓 타이베이 英 Taipei 中 台北	韓 중국어 英 Chinese 中 中國語
韓 타지키스탄 (타지크) 英 Tajikistan 中 塔吉克	韓 두샨베 英 Dushanbe 中 杜尚貝 (杜桑貝)	韓 타지크어 英 Tajik 中 塔吉克語
韓 터키 英 Turkey 中 土耳其	韓 앙카라 英 Ankara 中 安卡拉	韓 터키어 英 Turkish 中 土耳其語
韓 투르크메니스탄 (투르크멘) 英 Turkmen 中 土庫曼	韓 아슈하바트 英 Ashgabat 中 阿什哈巴特 (阿什哈巴德)	韓 투르크멘어 英 Turkmen 中 土庫曼語
韓 탄자니아 英 Tanzania 中 坦尚尼亞	韓 도도마 英 Dodoma 中 多多馬	韓 영어 英 English 中 英語

韓 나라 이름 英 National Name 中 國家名稱	韓 수도 英 Capital 中 首都	韓 언어 英 Language 中 使用語言
韓 토고 英 Togo 中 多哥	韓 로메 英 Lome 中 洛梅	韓 프랑스어 英 French 中 法語
韓 튀니지 英 Tunisia 中 突尼西亞	韓 튀니스 英 Tunis 中 突尼斯	韓 아랍어 英 Arabic 中 阿拉伯語
韓 통가 英 Tonga 中 東加王國	韓 누쿠알로파 英 Nukualofa 中 努瓜婁發	韓 통가어 英 Tongan 中 東加語
韓 투발루 英 Tuvalu 中 吐瓦魯	韓 푸나푸티 英 Funafuti 中 富納富提	韓 영어 英 English 中 英語
韓 트리니다드 토바고 英 Trinidad and Tobago 中 千里達及托巴哥(特立尼達和多巴哥)	韓 포트 오브 스페인 英 Port of Spain 中 西班牙港	韓 영어 英 English 中 英語
韓 파키스탄 英 Pakistan 中 巴基斯坦	韓 이슬라마바드 英 Islamabad 中 伊斯蘭馬巴德	韓 우르두어 英 Urdu 中 烏爾都語
韓 팔라우 英 Palau 中 帛琉	韓 멜레케오크 英 Melekeok 中 美律坵	韓 팔라우어 / 영어 / 일본어 英 Palauan/ English/ Japanese 中 帛琉語 / 英語 / 日語

韓 나라 이름 英 National Name 中 國家名稱	韓 수도 英 Capital 中 首都	韓 언어 英 Language 中 使用語言
韓 필리핀 英 Philippines 中 菲律賓	韓 마닐라 英 Manila 中 馬尼拉	韓 타갈로그어 / 영어 英 Tagalog/ English 中 塔加拉族語 (菲語)/ 英語
韓 포르투갈 英 Portugal 中 葡萄牙	韓 리스본 英 Lisbon 中 里斯本	韓 포르투갈어 英 Portuguese 中 葡萄牙語
韓 폴란드 英 Poland 中 波蘭	韓 바르샤바 英 Warsaw 中 華沙	韓 폴란드어 英 Polish 中 波蘭語
韓 프랑스 英 France 中 法國	韓 파리 英 Paris 中 巴黎	韓 프랑스어 英 French 中 法語
韓 핀란드 英 Finland 中 芬蘭	韓 헬싱키 英 Helsinki 中 赫爾辛基	韓 핀란드어 英 Finnish 中 芬蘭語
韓 파푸아뉴기니 英 Papua New Guinea 中 巴布亞新幾內亞	韓 포트모르즈비 英 Port Moresby 中 莫士比港 (莫爾斯比港)	韓 영어 英 English 中 英語
韓 피지 英 Fiji 中 斐濟	韓 수바 英 Suva 中 蘇瓦	韓 영어 英 English 中 英語
韓 파나마 英 Panama 中 巴拿馬	韓 파나마 英 Panama city 中 巴拿馬市	韓 스페인어 英 Spanish 中 西班牙語

韓 나라 이름 英 National Name 中 國家名稱	韓 수도 英 Capital 中 首都	韓 언어 英 Language 中 使用語言
韓 파라과이 英 Paraguay 中 巴拉圭	韓 아순시온 英 Asuncion 中 亞松森	韓 스페인어 英 Spanish 中 西班牙語
韓 페루 英 Peru 中 祕魯	韓 리마 英 Lima 中 利馬	韓 스페인어 英 Spanish 中 西班牙語

國家圖書館出版品預行編目資料

我的第一堂商用韓語課／游娟鐶著. — 二版.
— 臺北市：五南圖書出版股份有限公司,
2023.09
面；　公分.
ISBN 978-626-366-483-8（平裝）

1.CST:韓語　2.CST:商業　3.CST:會話

803.288　112013316

1XOK

我的第一堂商用韓語課

作　者 — 游娟鐶
發行人 — 楊榮川
總經理 — 楊士清
總編輯 — 楊秀麗
副總編輯 — 黃文瓊
校　對 — 謝芷庭
配音員 — 李龍成　金恩榮
封面設計 — 劉好音　陳亭瑋
出版者 — 五南圖書出版股份有限公司
地　址：106台北市大安區和平東路二段339號4樓
電　話：(02)2705-5066　傳　真：(02)2706-6100
網　址：https://www.wunan.com.tw
電子郵件：wunan@wunan.com.tw
劃撥帳號：01068953
戶　名：五南圖書出版股份有限公司

法律顧問　林勝安律師

出版日期　2016年6月初版一刷
　　　　　2023年9月二版一刷

定　價　新臺幣380元

經典永恆·名著常在

五十週年的獻禮——經典名著文庫

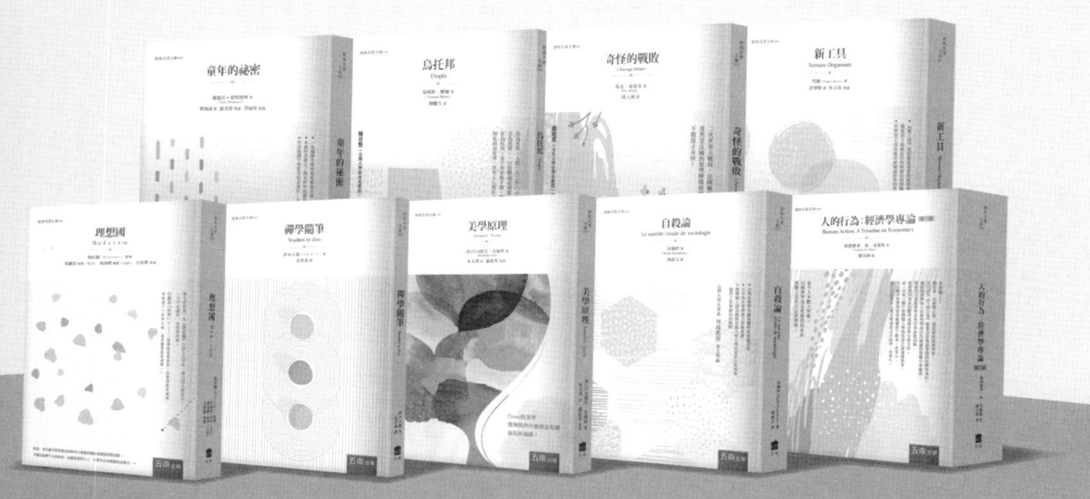

五南，五十年了，半個世紀，人生旅程的一大半，走過來了。
思索著，邁向百年的未來歷程，能為知識界、文化學術界作些什麼？
在速食文化的生態下，有什麼值得讓人雋永品味的？

歷代經典·當今名著，經過時間的洗禮，千錘百鍊，流傳至今，光芒耀人；
不僅使我們能領悟前人的智慧，同時也增深加廣我們思考的深度與視野。
我們決心投入巨資，有計畫的系統梳選，成立「經典名著文庫」，
希望收入古今中外思想性的、充滿睿智與獨見的經典、名著。
這是一項理想性的、永續性的巨大出版工程。
不在意讀者的眾寡，只考慮它的學術價值，力求完整展現先哲思想的軌跡；
為知識界開啟一片智慧之窗，營造一座百花綻放的世界文明公園，
任君遨遊、取菁吸蜜、嘉惠學子！